漢字的魅力

從對聯、詩詞、謎語、書法
發現博大精深、趣味盎然的漢字奧秘

滄浪——著

目錄

【第二章】 對聯　漢字對稱和諧之妙

對聯這種短小精悍的文學樣式自問世之日起，就以其尺幅千里的特色贏得了最廣大的創作者和欣賞者，從而呈現出勃勃生機。上自風流儒雅之文人騷客，下至引車賣漿之下里巴人，無不對其青睞有加。山河古跡無聯則不能言勝，千古人物有聯方彰顯功過。對聯可以寄情，可以寓志；可贊造化偉大，可歎人物是非；或悼或賀，或斥歪，或頌正。

【第三章】 詩詞　漢字韻律意境之雅

中國古代詩詞中曾有過許多乍看是文字遊戲，細品又饒有風趣的短詩小詞，在老百姓特別是文化人中頗受歡迎。近似玩笑的形式中，寄託了深厚的機智幽默和豐富的文化底蘊。它不僅能產生雅趣，陶冶情操，而且也頗有教益。這些詩詞有的巧奪天工，歎為觀止，有的詼諧幽默，趣味盎然，常給人妙語連珠，拍案叫絕的快感。

【第四章】

謎語　漢字精妙機智之巧

謎語故事是老百姓喜聞樂見的一種文字遊戲形式，它包羅萬象，上至宇宙星辰，下到線腳針頭，皆可融入其中；它詼諧風趣，既可譏諷嘲喻，亦可娛人娛己；它雅俗共賞，無論販夫走卒，還是高人雅士，都可從中找到屬於自己的樂趣。最重要的是，謎語機智精巧，對於開發智力、拓展思維，有著相當有益的作用。

【第五章】書法　漢字形體結構之美

書法，作為中華民族獨有的文字藝術，古老悠久而又生機勃勃。它是漢字形體結構之美的代表，最能體現出個人修養、個性魅力和時代精神。只有含蓄雋永、機敏睿智的炎黃子孫，才能將這獨具特色的方塊字演繹得如此風姿俊秀。

【第六章】趣聞　漢字野史雜談之趣

中華民族從古至今，頗多文人墨客，亦頗多趣聞軼事，它們或來自於典籍，或來自於民間。這些趣聞詼諧多智、妙趣橫生、出奇制勝，讀來不僅有助於啟發我們靈機應變之智力，亦能增廣人文修養。

【第七章】 妙文 漢字詼諧搞笑之怪

我們的生活需要笑。笑是生活中不可缺少的甘甜調料，沒有笑聲的生活是一種酷刑。沒有笑，生活就不成其為生活。

是寓莊於諧的奇文也罷，是辛辣諷刺的檄文也罷，又或者惡搞無厘頭的怪文也罷，若能給繁忙的生活增添幾分笑料，給緊張的心情舒緩幾分鬆弛，則此文已達到目的矣。

前言　你認識和瞭解漢字嗎？

對於任何一個中國讀者來講，這個問題都顯得唐突和不禮貌，提問者遭受白眼是肯定的：你什麼意思？

確實，我們都認為自己認識和瞭解漢字，因為我們在很小很小的時候，就開始學習認字和寫字。在現代文明社會中，傳統意義上的文盲已經日漸減少，對於今天一個普通的中國人來說，認識幾千個常用漢字，方便地閱讀和交流，可以說是最基本的文化素質之一。

但是，這只能說是「識字」，是漢字作為一種日常交流工具體現了它最基本和淺顯的功能。在這個層面上，漢字同世界上任何一種語言文字都沒有本質的區別，都是為了人們的溝通和交流。

我們再進一步來認識、瞭解漢字，就會發現：漢字不僅僅是人們語言溝通的載體，也不僅僅是中國文化的載體，漢字本身就是中國傳統文化很重要的一部分，是人類文明寶庫中獨一無二的藝術形式。

可以說，每一個漢字都是一個獨立的藝術品。

也有人說，在世界幾大古老文明體系中，中國傳統文明是唯一沒有間斷而延續至今的，究其原因，方塊漢字發揮了重要作用。

漢字的歷史悠久，它不同於西方文明中的表音文字體系，它是象形、會意的文字——有外形的相似，也有內在的韻味。從遠古時代的一些簡單符號到甲骨文、篆書，再一直演變到今天，歷經數千年的滄桑，漢字在承載、傳遞古老的中華文明的同時，其自身也成為文明中獨特、重要的一部分，這是世界文明發展史上所罕見的。

比如，幾乎對於每一個漢字，我們都可以講述出它的來歷、演變故事、所蘊涵的意義，其音韻和書寫表現形式更是直接成為一種獨特的藝術。中國文化中的詩詞、對聯、書法等完全是建立在漢字的基礎上的——一個個方塊漢字都具有類似建築和雕塑的美感，在這個基礎上才能有對仗的形式美，再加上獨特的音韻節奏變化，構成了平仄和押韻的藝術，書法更是被譽為中華文明對世界文明的偉大貢獻之一。有西方藝術家曾說：中國的書法、古羅馬的雕塑和大自然中的日出，是世界的三大奇觀！

基於漢字本身的魅力而產生的這些藝術和文化，是世界上其他任何文明體系中都不曾具有的。

作為中國人，我們必須認識到，我們對漢字的瞭解和認識不應該僅僅停留在日常語言交流的功能上，不應該輕視對漢字的深入學習。漢字不僅字形固定、語法嚴謹、辭彙豐富、表意準確，更有著博大精深的人文、歷史、社會以及民族內涵，是中國傳統文化的載體，更是我們的根。真正瞭解而後認識漢字，無疑是學習和瞭解我們悠久而燦爛歷史文明的必經之路。

比如，學習一個「仁」字，就會有相應的人文要素聯動，獲得某種倫理認識和對歷史文化的理解。中國延續兩千多年的儒家傳統文化教育，基本上都建立在這個字的基礎上。而詩詞歌賦，作為漢字的藝術體現，不僅善於表達情意和深邃思想，有著豐富的美學意蘊，而且字裡行間浸透著倫理意識、正義感和理想追求，這是民族文化性格的一部分。如，馬致遠的「枯藤老樹昏鴉，小橋流水人家。古道西風瘦馬，斷腸人在天涯」，這是多麼令人遐思無限、回味無窮的詩句，如果譯成英文的話，恐怕只是幾個並列的單詞而已，很難達到如此傳神的效果。

漢字的學習需要深究細研，需要記憶背誦，需要積累，更需要擁有充足的閱讀量。但在這之前，首先要做的，卻是從宣揚漢字學習本身的趣味性開始。興趣是最好的老師，只有我們對漢字本身感興趣了，才會願意將時間和精力投入進去，也才能真正獲得學習的效果。

其實，中華文化原本就是博大精深、趣味盎然的，無論是詩詞、小說、散文等文學形式，又或者書法、繪畫等藝術體裁，乃至姓氏、典故、軼事等雜談趣聞，都具有極度誘惑之魅力。而如何將這趣味性介紹開來，將更多的年輕學生吸引過來並沉迷其中，讓語文學習成為樂趣而不是任務，也是包括教育工作者和家長們在內的諸多人士應慎重考慮的問題。

這些年來，語文教育受到很多詬病。在應試教育體制的局限下，語文教育注重文法規範有餘，而在引導學生欣賞、理解傳統文化的根本意義與藝術魅力方面則明顯不足，這種教學方法所造成的後果，就是很多人機械地理解優美的漢語與漢字，視漢語與漢字的學習為畏途，基本的文法應用也很難過關，就更別談理解文字背後的文章典故、微言大義，享受傳統文化的獨特之美了。

這是一個很令人心痛的現象！

因此，我們編撰了這本書。限於編者本身的水準，這樣一本薄薄的圖書，僅僅只能夠對漢字以及相關的傳統文化作一些簡單的介紹，將一些有趣、好玩的文化故事收集起來，力爭使廣大讀者體會到漢字和傳統文化的獨特魅力，從而激發廣大讀者對傳統文化的興趣，進而自發、主動地去學習。如果能夠達到這樣的目的，那編者將不勝欣慰。

滄浪　二〇一〇年一月於北京

第一章　**漢字**　中華文化的載體

漢字・・

漢字以其獨特的魅力，成為了中華文明的載體和基礎。它是民族文化的化石，是華夏歷史的記錄者，是前人智慧的結晶，是有著鮮活生命的「你」、「我」、「他」。在我們的方塊字中潛藏著豐富的審美和詩意，有著深厚的文化意蘊，有著獨特的文化魅力……

眾所周知，在世界民族之林中，中華民族是唯一一個延續了幾千年文明而沒有間斷的民族，它為人類文明的發展作出了巨大的貢獻，創造了舉世矚目的文明成果，並建立了與西方文明截然不同的華夏文化圈。

此間，漢字的功德殊莫大焉。因為如果沒有漢字的承載和賡續，燦爛的中華文化和悠久的中華文明就會隨著時間的流變而歸於銷鑠與湮滅。經時益彰、歷久彌新的漢字，既是中華文化得以傳承與發展的介體和載體，又是中華文化實現繁榮興盛的根基與依託。

從黃帝的史官倉頡造字迄今，雖說歷史已經走過了五千年的風雨滄桑，但強韌的中華民族所呈現給世人的卻始終是一副充滿活力與自信的進取姿態和青春風采，原因就在於它比任何國家和民族都更能獲得傳統文化的浸潤與滋養。

一．漢字的起源

關於漢字的起源，中國古代文獻上有種種說法，如「結繩」、「八卦」、「圖畫」、「書契」等。古書上還普遍記載有黃帝史官倉頡造字的傳說。但事實上，成系統的文字工具不可能完全由一個人創造出來，而應該是廣大人民群眾根據實際的生活需要，經過長期的社會實踐才慢慢豐富和發展起來的。

作為漢字的前身，中國最早的刻畫符號出現在河南舞陽賈湖遺址，距今已有八千多年的歷史。但具有文字特徵的「象形字」，則在山東莒縣陵陽河大汶口文化遺址中被發現，距今有四千五百多年的歷史，比甲骨文還要早一千多年。因此，科學的說法是，中國至少在虞夏時期就已經有了正式的文字，但到了殷墟時代的甲骨文和金文出現後，

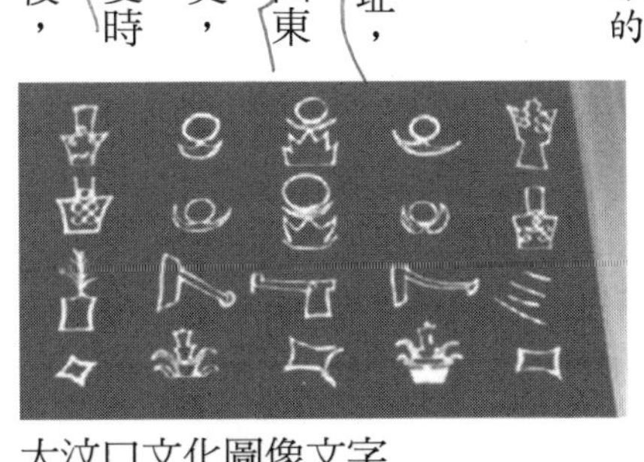

大汶口文化圖像文字

才開始有了成熟的文字系統。

殷墟時期所反映出來的商代文字不僅表現在字的數量多，材料豐富，還突出地表現在文字的造字方式已經形成了自己的特點和規律。它是後人造字的基礎法則，而在這個法則的基礎上，後人再加以拓展發揮，便形成了六種漢字構造條例，即所謂的漢字六書：象形、指事、會意、形聲、轉注、假借。其中象形、指事、會意、形聲主要是「造字法」，轉注、假借是「用字法」。

象形，是形成漢字的最早方法。用文字的線條或筆畫，把要表達物體的外形特徵具體地勾畫出來，從而創造出最原始的文字。例如，「月」字像一彎明月的形狀，「龜」字像一隻龜的側面形狀，「馬」字就是一匹有馬鬣、有四腿的馬，「門」字就是左右兩扇門的形狀等。象形字來源於圖畫文字，容易識別，但侷限性很大，因為有些事物是畫不出來的。

指事，是彌補象形侷限性的另一種造字法。它與象形的主要分別是，指事字中含有繪畫中較抽象的東西。例如「刃」字是在「刀」的鋒利處加上一點，以作標示；「凶」字則是在「陷阱」裡加上交叉符號；「上」、「下」二字則是在主體「一」的上方或下方畫上標示符號；「三」則由「三橫」來表示。這些字的勾畫，都有較抽象的部分。象形和指事都是獨體造字法，所造出來的字是一個整體，切割不開。

會意，則是合體造字法，是由兩個或多個獨體字組成，以所組成的字形或字義合併起來，表達此字的意思。例如「酒」字，以釀酒的瓦瓶「酉」和液體「水」合起來，表達字義；「解」字的剖拆字義，是以用「刀」把「牛」和「角」分開來表達；「鳴」指鳥的叫聲，於是用「口」和「鳥」組合而成。

形聲，亦是合體造字法。象形、指事、會意都能從字形上看出字的意義，但卻不能讀出聲音，因此又創造出形聲法來造字。把表示聲音的聲符和表示意義的形符搭配起來，組成很多新字。例如「櫻」字，聲旁是「嬰」，表示它的發音與「嬰」字一樣；形旁是「木」，表示它是一種樹木；「爸」字，聲旁是「巴」，形旁則是「父」。由於形聲字在創造新文字方面十分方便，因此這樣的文字越造越多，據統計，形聲字占漢字的百分之八十左右。

轉注，則是屬於「用字法」。不同地區因為發音有不同，以及地域上的隔閡，以至於對同樣的事物會有不同的稱呼。當這兩個字是用來表達相同的東西，詞義一樣時，它們會有相同的部首或部件。例如「考」、「老」二字，本義都是長者；「顛」、「頂」二字，本義都是頭頂；「竅」、「空」二字，本義都是孔。這些字有著相同的部首（或部份）及解析，讀音上也是有音轉的關係。

假借，也是「用字法」。口語裡有的詞，沒有相應的文字對應。於是就找一個和它發音相同的同音字來表示它的含義。例如「自」本來是「鼻」的象形字，後來借作「自己」的「自」；「長」是長髮，借為「長久」的「長」（出自《詩經．商頌．長髮》）；「難」原是鳥名，借為「艱難」的「難」。

「漢字六書」系統出現後，人們再造新字時，便都有了依據，也就促進了漢字的形成、發展和完善，適應了人類社會的發展需要，從而創造出輝煌燦爛的中華文化。

二．漢字的演變

由於直到殷商時代甲骨文的出現，漢字才可以算得上是一個文字系統，因此我們說到漢字的演變和發展，一般都是從甲骨文說起。漢字的演變過程，總體上來說，是先從象形的圖畫，到線條的符號，再到適應毛筆書寫的筆畫，最後到便於雕刻的印刷字體。而促進其演變的規律，說來十分簡單，便於書寫和使用而已。

一般來說，漢字的發展可以畫分為兩大階段。從甲骨文字到小篆是一個階段，從秦漢時代的隸書以下是另一個階段。前者屬於古文字的範疇，後者屬於近代文字的範疇。大體說來，從隸書到今天使用的現代漢字形體上沒有太大的變化。

1——甲骨文

甲骨文為商朝後期用寫或刻的方式，在龜甲、獸骨上所留下的文字，其內容多為「卜辭」，也有少數為「記事辭」。甲骨文大部分符合象形、會意的造字原則，形聲字只占百分之二十。其文字有刀刻的，有的填滿朱砂，也有直接朱書墨書的。因文字多為圖畫文字演變而成，象形程度高，且一字多體，筆畫不定。這說明中國的文字在殷商時期尚未統一。

甲骨文

2——金文

金文又稱鐘鼎文和銘文，是鑄刻在青銅器上的文字。它從商朝後期開始在青銅器上出現，至西周時發展起來。大體上商後期在青銅器上的銘文不超過五十字，西周末年的毛公鼎上鑄的文字則長達四百九十七字。現在先後出土的商周青銅器大約有一萬件以上。據古文字學家容庚所編《金文編》統計，金文單字大約共三千多個，其中二千字如今已經識別出來。金文的形體和結構，同甲骨文非常相近，基本上是一種字形。

甲骨文是商代書寫的俗體，金文才是正體，顯示了正體多繁，俗體趨簡的印跡。

3 大篆

篆的意思就是把筆畫拉長，成為一種柔婉美化的長線條。在中國文字史上，夏、商、周三代，就其對文字學的貢獻而言，以史籀為最。史籀是周宣王的史官，他別創新體，以趨簡便。大篆又有籀文、籀篆、籀書、史書之稱。因其為史籀所作，故世稱「籀文」。大篆散見於《說文解字》和後人所收集的各種鐘鼎彝器中，其中以周宣王時所作石鼓文最為著名。

金文

4 小篆

小篆又名秦篆，是由秦朝丞相李斯對大篆加以去繁就簡簡化而成，又名玉筋篆，具有筆力遒勁之意。小篆之形體結構規正協調，筆勢勻圓整齊，偏旁也作了改換歸併，把線條化和規範化達到了完善的程度，幾乎完全脫離了圖畫文字，成為整齊和諧、十分美觀的，基本上是長方形的方塊字體。從大篆到小篆的文字變革，在中國文字史上具有極重大的意義。

5 隸書

小篆雖是文字上的一大進步，也有它自己的根本性缺點，那就是它的線條用筆書寫起來是很不方便的，所以幾乎在同時也產生了形體向兩邊撐開成為扁方形的隸書。從小篆向隸書演變的第一步，最顯著的變化是從婉曲的線條變為平直的筆畫，從無角變成有角。隸書主要有秦隸和漢隸，秦隸是隸書的早期形式，漢隸則為隸書之成熟字體。通常所說的隸書是指漢隸中的「八分」。隸書發展到「八分」，已經是逐漸成熟。隸書因其字較方正、厚實，故帶有剛正不阿的嚴肅感。

6——草書

隸書後來又演變成草書。這是一種隸書的快寫體，它發展成為獨立字體，大約始於東漢。草書本於章草，而章草又帶有比較濃厚的隸書味道，因其多用於奏章而得名。章草進一步發展而成為今草，即通常人們習稱的「一筆書」。今草大部分較章草及行書更趨於簡潔。至唐朝有了抒發書者胸臆，寄情於筆端表現的狂草。草書給予觀者一種豪放不羈、流暢之感。

7——楷書

與草書同時興起的還有楷書，它又名「正書」或「真書」，成熟於東漢時期，盛行在魏晉南北朝時代。楷書包含了古隸之方正、八分之遒美及章草之簡捷等優點。這種字體一直沿用至今，被視為標準字體且為世人所喜愛。楷書有一種穩重而衍生出寧靜之感，文字因個人書寫的方式、性格之異，而有不同風格的同一字體。

8——行書

介於楷書與草書之間的是行書，據傳是漢代劉德升所制。行書不同於隸、楷，其流動程度可以由書寫者自由運用。行書表現出浪漫唯美的氣息，傳至今日，仍是我們日常書寫所習慣使用的字體。

9——印刷字體

印刷術發明後，為適應印刷，尤其是書刊印刷的需要，文字逐漸向適於印刷的方向發展，出現了橫平豎直、方方正正的印刷字體——宋體。其發端於雕版印刷的黃金時代——宋朝，定型於明朝，故日本人稱其為「明朝體」。宋體筆形橫平豎直，雕刻起來的確感到容易，適於印刷刻版。宋體別創一格，清新悅目，又適合人們在閱讀時的視覺要求，因此成為出版印刷使用的主要字體。

10——電腦字體

隨著文化事業的發展、科技的發展，在西方文字字體的影響下，又出現了黑體、美術字體等多種新的字體，如海報（ＰＯＰ）體、綜藝體、勘亭流、少女字體等，及更多的宋體之變形，如仿宋、扁宋等，並將各類漢字電腦化，運用的範圍更加廣泛。

在漢字中，各個歷史時期所形成的各種字體，有著各自鮮明的藝術特徵。如篆書古樸典雅，隸書靜中有動、富有裝飾性，草書風馳電掣、結構緊湊，楷書工整秀麗，行書易識好寫，各種字體風格多樣，個性各異。這種由於方塊字所獨有的形體結構美從而衍生出來的藝術創造，就是中華民族特有的造型藝術——書法。

中國書法起源甚早，但把文字的書寫性發展到一種審美階段，融入創造者的觀念、思維、精神，並能激發審美物件的審美情感，也就是真正意義上的書法的形成，有記載可考的，當在漢末魏晉之間。

魏晉南北朝時期，眾多書法家創造出風格多樣、繁花似錦的書法藝術。所謂「晉人尚韻」，晉代書法流美妍媚，風流瀟灑，反映了士大夫階級的清閒稚逸，流露出一種嫻靜之美。唐代書法猶如唐代國勢，法度嚴謹、氣魄雄偉，表現出唐朝國力富強的氣派和勇於開拓的精神，體現了大唐盛世的氣魄，具有力度美，被稱為「唐人尚法」。宋代書法縱橫跌宕、沉著痛快的書風，正是在「國家多難而文運不衰」的局面下，文人墨客不滿現實的個性書法，以書達意，表達一種心境，因此稱「宋人尚意」。而到了元明兩代，由於政府對文化和思想的壓制，反映在書法上的則是崇尚摹古，缺乏開拓和革新，平庸無奇，因此被稱作「元明尚態」。

總之，追尋兩千年書法發展的足跡，我們可以清晰地看到它與中國社會的發展同步，強烈地反映出每個時代的精神風貌。

三・漢字的特點

不同的民族，在不同的社會歷史時期都會創造出自己所獨有的文化形式和特質，而這種文化形式和特質沉澱下來，就會形成所謂的民族文化。而中華文化，作為古文化中唯一延續發展下來的文明，其文化的載體漢字也就具有了歷史活化石的性質。而在這中華文化的延續和傳承過程中，由於漢字獨有的特點，從而有著無可替代的巨大作用。

再現性。漢字的再現性，就在於它能夠再現一些東西的形象或特徵，如：日、月、山、川、水等。而這些字又通過指事、會意、形聲等造字方法，造就出了占百分之八十以上的絕大部分漢字。這產生了什麼作用呢？事實上，由於漢字的這種獨特性，使得某個生僻漢字的意義有規律可循，即使我們不認識，也能猜到其大致意思。從而能夠讓上千年前文獻中的漢字，今天我們照樣認識。這對於保證文化的傳承，有著極其重要的作用。而同時代用拼音文字記錄的文獻，由於不同時代不同發音，從而也就有不同的文字，今天一般人就很難看懂了，只有專家才能看懂。

濃縮性。漢字的濃縮性，在於單個漢字符號所包含的社會信息量巨大。一系列複雜的社會資訊，往往包含在一個漢字單元之中。這個特點，在古文中表現尤其明顯。如孔子著《春秋》，以筆法行褒貶，其中僅僅說人的死去，就有「崩」、「薨」、「逝」、「死」等數種說法，分別代表著「帝王之死」、「諸侯之死」、「大夫之死」和「平民之死」。「死」的不同表述方法，其中就蘊涵了如此豐富的社會意義，因此中國的古書，才能以最少的文字記載下最多的信息量。同樣的信息量，用漢字表達是最簡潔的，不信請翻翻聯合國的檔案。聯合國的檔案往往要翻譯成英、法、西班牙、中文等幾種文字。同一個檔案，中文版總是最薄的。

聯想性。漢字表義能力特別強，它像一幅圖畫，看慣了這些字，目擊的瞬間就能萌發聯想，甚至產生情感，使人的認識迅速發生變化。如「家」字，上有「房」（寶蓋頭），下有「財」（「豕」代表財富），說明要組成一個家庭，就需要一定的物質基礎。這種聯想性，能夠賦予枯燥的文字以豐富的內涵和雅趣，使之鮮活生動栩栩如生，對於文字本身的魅力，尤其對於中華傳統文化的魅力來說，是絕對不可缺少的重要組成部分。

吸納性。聯想性和濃縮性組合起來，從而又衍生出漢字的另一特性，即神奇的組詞能力，往往一個字能構建出許多個意義單位（詞）。如一個「白」字就組成了「白天」、「白癡」、「白蘭地」等共一百多個詞條。這樣，漢語常用的四萬個辭彙只需要三千個漢字構建即可，就能拼寫出絢麗多姿，氣象萬千，海洋般深邃，天宇般廣闊的文章來。這種組詞特性，在吸取外來文化時更表現得特別明顯，我們根本不需要創造新字，只需要將幾個漢字重新組合成詞，就能夠將外來文字徹底吸收。相反，英語要不斷製造新詞來適應。據一位英國語言學家的研究，在每份《紐約時報》上都可以找到一百個以上在現代英語詞典中找不到的新單詞。而任何新科學技術的中文辭彙（不論是電子、太空，還是分子生物）所用的漢字，都羅列在古老的《康熙字典》中。因此，雖然中華文化經歷過無數次外來文化的侵襲，我們卻總能輕而易舉地將之化解吸收，保證了中華文化的延續和發展。

藝術性。漢字和漢語相應，一個字就代表一個音節，一個語素，因此也就產生了聲韻、平仄、對仗……也就產生了對聯、詩詞、歌賦……可以說，這些輝煌燦爛光照千秋的中國古典文化，幾乎都是建立在漢字獨特性的基礎上的。而漢字作為方塊字所獨有的形體結構美，更是創造出了中華民族所特有的書法藝術。看書法大師們的墨寶，有的高遠飄逸，有的莊嚴凝重，有的蒼勁有力，有的娟秀美麗，表現出種種神韻氣質，這是世界上任何其他文字都難以表達的藝術美。

統一性。中國疆域廣闊，方言眾多。如果漢字是一種拼音文字，根據拼音文字是由發音來拼寫的特點，那麼由於不同方言的不同發音，恐怕時至今日，漢字早已分化為數十種不同的文字了。這在歷史上是有先例的，如西方羅馬帝國時代的拉丁語，現在已經分化為法語、義大利語、西班牙語等十多種語言。而不同的語言又代表不同的文化和傳承，從而也就造就了種族和疆域的分化。也就是說，如果漢字是拼音文字，那很有可能中國現在已經分裂為很多不同的國家和種族了。然而，幸好漢字是字元文字，雖然在發音上各地不盡相同，但在書寫上卻有著絕對的統一性。可以說，漢字對於中國疆域、民族、文化的統一與融合的作用，是再怎麼用溢美之詞也不以為過的。

漢字所獨有的特點和功用，不受時間地域的限制。不僅對本民族的成員產生積極的作用，而且還漂洋過海，對周邊各民族產生同樣深遠的影響。早在隋唐之際，中國的漢字就隨著外交往來而傳播到高麗、日本，從而對朝鮮、日本的文化產生積極而又深遠的影響，形成了所謂的「漢字文化圈」，至今猶有餘澤。

四．漢字的魅力

據說倉頡造字時「天雨粟，鬼夜哭」，驚天地，泣鬼神。的確，漢字的表意性，使它具有獨特的魅力和非凡靈動的美。可以說，每一個漢字都靜靜地散發著文化的氣息和生命的芬芳。

漢字之美，美在形體。中國文字的點畫、結構和形體與外文不同。它變化微妙，形態不一，意趣迥異，從而誕生出名為「書法」的藝術。僅僅只是通過點畫線條的強弱、濃淡、粗細等細微變化，再加上字形、字距和行間的分佈所構成的優美章法佈局，就能表達出種種思想感情，彰顯不同的神韻氣質，從而給觀賞它的人，帶來巨大的藝術享受。其中佼佼者，如王羲之的《蘭亭序》，全帖二十八行，三百二十四字，每一字都被王羲之創造出一個生命的形象，賦予各自的秉性、精神、風儀，或坐、或臥、或行、或走、或舞、或歌，雖尺幅之內，群賢畢至，眾相畢現，令人歎為觀止。

漢字之美，美在神韻。漢字是在圖畫文字的基礎上發展演變而來的，因此具有形象直觀的特性，一眼望之就能觸發情感和想像。「日」和「月」組成「明」字，「女」和「子」組成「好」字；「輕」字給人飄浮感，「重」字一望而沉墜；「笑」字令人歡快，「哭」字一看就想流淚；「冷霜」好像散發出一種寒氣，而「幽深」兩字一出現，便似乎進入森林或寧靜的院落。這些有影無形的圖畫，這些橫豎鉤點的奇妙組合，與人的氣質多麼相近。它們在瞬間走進想像，然後又從想像流出，只在記憶中留下無窮的回味。

漢字之美，美在風骨。在世界文字之林中，中國的漢字用一個個方塊字培育了五千年古老的文化，維繫了一個統一的大國，而且是強有力的，自成系統的。它的創造顯示出中國人與世不同的文明傳統和感知世界的方式。不管這塊東方的土地上有多少種不同的語言講著多少互相聽不懂的方言，但這漢字的魅力卻成了交響樂隊的總指揮。你說陝西話，我說廣東話，但並不妨礙我們用漢字來進行交流溝通；你住在江南，我住在東北，但卻並不妨礙我們在漢字構築成的文化體系下共同生活。它對於維護整個國家的統一以及民族的向心力，起到了重要的作用。

漢字之美，美在意境。我們讀過《詩經》、《楚辭》，也背誦過宋詞，還朗讀過優美的現代詩。它有獨特的韻律，有優美的語感，讀詩時能感受到漢字那跳動的音符，迷人的色彩，能體會到那優美的意境，絕代的風華。例如「春風又綠江南岸」中的「綠」字，會讓你看到一幅綠意盎然的春天美景，用眼睛看「綠」，清新一片；用耳朵聽「綠」，流水潺潺、鳥兒呢喃；用鼻子嗅「綠」，花香彌漫；用手摸「綠」，柔柔軟軟……

漢字之美，美在活力。中華文明延續至今，作為文化載體的漢字基本上沒有太大的改變。這旺盛的生命力，足以讓我們與千年前的先輩徜徉在同一片天空下。而在歷次外來文化的侵襲中，中國的漢字更以其瑰麗雄健的生命力證明了自己的存在價值。真的，中國的方塊字能融合各種外來的新創造，因為它擁有一個單字的海洋，讓人們熟悉這種文字後，可尋求的新組合和創造的天地是那樣的寬廣而簡便。

自然，漢字也不是十全十美的，它也存在字形龐雜繁複，比較難認、難寫等弱點，需要慎重地加以系統改革和創新。而且，拼音文字也有其優越性之處。如英文善於細緻地描述事物，有利於開展邏輯思維，是當前國際科技、資訊、金融交流的主要文字。法文結構嚴謹，語法細膩，可免於歧義，是法律、合同等有約束性檔案的極佳文字。隨著世界各種文化的交流融合，不同語言文字都可相互參考，取長補短，相得益彰。漢字在總結歷史經驗和借鑒吸收了其他文字的可取之處後將進一步發揚光大。國運盛，漢字興，漢字有著廣闊美好的發展前景，漢字的優越性對中華民族的團結和振興，將發揮其獨特的作用。

第二章 **對聯** 漢字對稱和諧之妙

對聯

對聯這種短小精悍的文學樣式自問世之日起，就以其尺幅千里的特色贏得了最廣大的創作者和欣賞者，從而呈現出勃勃生機。上自風流儒雅之文人騷客，下至引車賣漿之下里巴人，無不對其青睞有加。山河古跡無聯則不能言勝，千古人物有聯方彰顯功過。對聯可以寄情，可以寓志；可讚造化偉大，可歎人物是非；或悼或賀，或斥歪，或頌正。

對聯，雅稱「楹聯」，俗稱對子，是中國一種獨特的文學藝術形式。它始於五代，盛於明清，迄今已有一千多年的歷史。

早在秦漢以前，中國民間過年就有懸掛桃符的習俗。所謂桃符，即把傳說中的降鬼大神「神荼」和「鬱壘」的名字，分別書寫在兩塊桃木板上，懸掛於左右門，以驅鬼壓邪。這種習俗持續了一千多年，到了五代，人們才開始把聯語題於桃木板上。據《宋史蜀世家》記載，五代後蜀主孟昶「每歲除，命學士為詞，題桃符，置寢門左右。末年（西元九六四年），學士幸寅遜撰詞，祀以其非工，自命筆題云：「新年納餘慶，嘉節號長春」。這是中國最早出現的一副春聯。

宋代以後，民間新年懸掛春聯已經相當普遍，王安石詩中「千門萬戶曈曈日，總把新桃換舊符」之句，就是當時盛況的真實寫照。由於春聯的出現和桃符有密切的關係，所以古人又稱春聯為「桃符」。

一直到了明代，人們才始用紅紙代替桃木板，出現了我們今天所見的春聯。據《簪雲樓雜話》記載，明太祖朱元璋定都金陵後，除夕前，曾命公卿士庶家門須加春聯一副，並親自微服出巡，挨門觀賞取樂。爾後，文人學士無不把題聯作對視為雅事。入清以後，對聯曾鼎盛一時，出現了不少膾炙人口的名聯佳對。

一．機智篇

> 古代文人常用對聯應酬唱和，既考驗雙方之文學修養，亦考驗彼此隨機應變之能力。在這些應酬對答之中所閃現出來的機智幽默，常令人歎為觀止。

宋神宗年間，遼國派遣使者來中原，翰林學士蘇東坡奉命招待。遼使者久聞蘇東坡大名，出一聯要蘇東坡來對：

三光日月星。

遼使者認為這是副絕對，因為聯語中的數量詞，一定要用數量詞來對。上聯用了個「三」字，下聯就不應重複。而「三光」之下只有三個字，那麼，無論你用哪個數目來對，下面跟著的字數，不是多於三，就是少於三。誰知，蘇東坡略一思索，就對出下聯：

四詩風雅頌。

此對甚妙。妙在「四詩」只有「風、雅、頌」三個名稱。

遼使說：「我還以為是絕對呢。不想讓你輕易對上了。」蘇東坡說：「什麼絕對，我還可以補上三聯呢。其一：一陣風雷雨；其二：兩朝兄弟邦，其三：四德元亨利。」

遼使問：「《周易》裡『乾』卦裡的四德應該是『元、亨、利、貞』啊，怎麼漏了一字？」蘇東坡答：「最後一字是先皇聖諱，臣不能隨口念出。」原來，先皇宋仁宗名叫趙禎，禎、貞同音，屬於「聖諱」，

蘇軾畫像

故刪去一德，亦成妙對。

……

高明是元末明初人，是有名的戲劇作家。《琵琶記》這齣古典名劇，就是他創作的。他從小就聰明好學，特別喜歡對對子。六七歲的時候，有一天家裡請客人吃飯。飯菜擺好了以後，父親有事出去了，屋裡就剩下高明和客人。看著桌上擺著的好吃的，小高明忍不住了，就偷偷抓了一把，往嘴裡塞。客人看著挺有氣，心想：我這個客人還沒吃哪，你這小傢伙倒搶先了。等到正式吃飯的時候，客人對高明的父親說：「聽說您這個兒子挺會對對子，我出個上聯，讓他試試。」

客人就說：

小兒不識道理，上桌偷食。

高明一聽，這個客人也真是的，當著父親的面揭自己的短兒，就不客氣地對了一句：

村人有甚文章，中場出對。

對句裡的「村人」，在這兒的意思是沒知識的粗魯人。客人一聽這孩子罵自己是「粗人」，更有氣了，接著說：

細頸壺頭，敢向腰間出嘴。

意思是說，你這「小壺嘴」敢跟我這個「大壺身」鬥嘴！

小高明馬上對了個：

平頭鎖子，卻從肚裡生銹。

高明挖苦客人是一肚子「鐵銹」，沒什麼正經學問。高明的父親一看客人的臉都氣白了，趕緊拿話岔開了，還讓兒子先出去「涼快涼快」。

……

《長安客話》記載了這樣一個故事：明太祖朱元璋與大臣劉三吾微服出遊，在一家小酒館裡休息，想喝酒卻沒有下酒菜。朱元璋於是口吟一聯：

小村店三杯五盞，無有東西。

劉三吾還沒來得及想出下句，店主送酒過來，隨口對道：

大明國一統萬方，不分南北。

朱元璋次日早朝傳旨將店主召去，賜官，店主固辭不受。

上聯「東西」，在聯中指下酒菜，但它又可表示方向。下聯「南北」，正是與其方向之義相對，是為借對。

……

明朝開國的時候，出了一個「神童」，叫解縉。解縉出身貧寒，父親是開豆腐店的。他平時幫著父親做做豆腐，空下來就發奮讀書。七歲時，已能作聯吟詩，出口驚人。

這一年新春，家家戶戶都貼春聯。解縉家穿街斜對面是曹尚書府第，門高宅大，圍牆內綠竹重重。相形之下，這豆腐店就顯得特別寒磣。小解縉是個好勝之人，面對著這一情景，心有不服，於是寫了一副春聯，貼在豆腐店門上，春聯是：

門對千竿竹，

家藏萬卷書。

這副春聯一貼出，吸引來許多街坊，大家說長道短，議論紛紛。

閑言傳到曹尚書的耳朵裡，一問，知道是對門賣豆腐的老解家惹出的事，很是生氣，於是下令砍去竹子。小解縉就在門聯下面用紅紙續了兩個字，成了：

門對千竿竹短，

家藏萬卷書長。

曹尚書看見門聯後更加生氣，乾脆下令將竹子連根挖去。解縉於是又續了兩個字：

門對千竿竹短無，

家藏萬卷書長有。

曹尚書看到後就極為驚訝，心想解縉小小的人兒能做這樣的對聯，倒是稀奇，於是命家人去叫他來，要當面一試。誰知小解縉不肯隨便上門，對來人說：「既然曹尚書有請，快去拿請帖來。」家人呆了一呆：「哎呀，好大的架子！」便回去向曹尚書訴說。曹尚書道：「莫和小孩子計較，就拿請帖去吧！」

解縉收了請帖，來到相府門前，見正門關著，就止步不前，對家人說：「迎客有迎客之禮，為何不開正門？」家人無奈，只得又去稟告曹尚書。曹尚書想了想，揮筆寫了個上聯，連同筆墨交與家人說道：「遞與學生。」小解縉接過一看，見是一副對子的上聯：

小犬無知嫌路窄。

解縉已知相爺的用意，心想：今日非叫你開正門迎接學生我不可！於是即刻接寫了下聯：

大鵬展翅恨天低。

曹尚書見對，無可奈何，只好大開正門。小解縉進了門，分賓主坐下後，曹尚書從桌上拿起一本書晃晃說：「老夫聽說你家有萬卷之書，書藏哪裡？」小解縉指指肚皮說：「就在這裡。」曹尚書又問：「既然如此，那我出聯你都能對嗎？」小解縉眨眨眼睛：「何止能對！」

曹尚書看看這穿綠衣衫兩目流盼的小傢伙，口氣竟這麼大，不覺心裡好笑，便出聯道：

出水蛤蟆穿綠襖。

小解縉聽了，看了一眼身穿紅袍的曹尚書，便接著對了下聯：

落湯螃蟹著紅袍。

曹尚書本想譏笑解縉是個坐井觀天的蛤蟆，不料自己反被奚落成一隻死螃蟹，想小傢伙竟如此不留情面，不由心裡冒火，卻不好發作，只好改換題目，再難小解縉道：

天做棋盤星做子，誰人敢下？

小解縉想，這也難不倒我，略一思索，便對道：

地做琵琶路做弦，哪個能彈？

曹尚書心裡驚歎，問解縉父母做什麼生意？解縉回答說：

父親肩挑日月街前走，

母親推轉乾坤屋內磨。

這是一副謎語聯，其實就是指解縉父母是以磨豆腐和賣豆腐為生。

曹尚書見解縉對答如流，從此深愛解縉之才，後來還把自己的女兒嫁給他。因為解縉第一次上宰相家，一要有請帖，二要開正門，大家說這是「開豆腐店擺豆腐架子」，從此，「擺豆腐架子」這句話就在民間用開了。

……

明朝李東陽年幼時聰明過人，乃是當時有名的神童。皇帝召見他，他跨不過朝堂的門檻，皇帝說：

神童足短。

李東陽答道：

天子門高。

皇帝把他放在膝上，他的父親跪在地下，皇帝說：

子坐父立，禮乎？

李東陽回答道：

嫂溺叔援，權也。

皇帝又說：

螃蟹渾身甲胄。

李東陽對道：

蜘蛛滿腹經綸。

……

楊慎，生於明朝弘治年間，與解縉、徐渭共稱「明朝三大才子」，《三國演義》開篇那首《臨江仙》即為他所作。楊慎自幼聰慧過人，十一歲能作詩，十二歲寫出《古戰場文》，令人驚歎不已。

相傳楊慎五六歲時在桂湖附近一個堰塘裡游泳，縣令路過，他居然不起來回避。縣令命人把他的衣服掛在一個古樹上，並告訴楊慎：「本縣令出副對子，如果你能對得出，饒你不敬之罪！」

縣令出的上聯是：

千年古樹為衣架。

楊慎一聽，即刻對出下聯：

萬里長江做澡盆。

縣令嘆服，讚楊慎為神童。

……

明朝天啟元年，宰相葉向高路過福州，留宿新科狀元翁正春家中。兩人談得很投機，翁正春即興出了一個上聯：

寵宰宿寒家，窮窗寂寞。

葉向高見聯中全是寶蓋頭的字，先是一驚，接著和道：

客官寓宮宦，富室寬容。

第二天，翁正春送葉向高上路，經過一片池塘，池塘裡有幾隻鴨子正在戲水。葉向高一看，就說：翁公昨夜講窮窗寂寞，我看未必，你看：

楊慎的《臨江仙》

七鴨浮塘，數數數三雙一隻。

翁正春不意被將了一軍，巡視池塘，眉頭一皺，當即應道：

尺魚躍水，量量量九寸十分。

說完，二人相視大笑。

……

明朝常州府有個姓吳的同知。他有個朋友姓董，當通判。有一天，倆人到無錫去玩，玩累了，進了一家酒店，要了白酒和紅酒，還有好些菜，就你一杯我一杯地喝開了。末了，倆人都喝得暈暈乎乎的。就這麼著，這兩位還對對子玩哪。吳同知的上聯是：

紅白相兼，醉後不知南北。

這上聯是說，咱倆又喝紅酒又喝白酒。這會兒喝多了，連方向也分不清了。

董通判對的是：

青黃不接，貧來賣了東西。

下聯拿顏色「青」、「黃」對上聯的「紅」、「白」，拿方位「東」、「西」對上聯的「南」、

「北」，對得還真工整。下聯的「東西」不光指方向，還指家裡的各種用品、擺設什麼的。董通判的意思是說，往後喝得沒錢了，就賣家裡的東西，咱們接著喝！董通判說完，倆人哈哈大笑。真是一對酒鬼！

……

清朝時期，浙江有師生倆一塊到省城去考舉人。來到一個叫武林關的關卡的時候，天黑下來，關卡的大門緊緊地關上了。老師看著高高的關卡大門，歎了口氣說：

開關遲，關關早，阻過客過關。

這個出句挺有意思：中間的「關關早」是兩個「關」字連著用。可頭一個「關」是動詞，當「關上」講；第二個「關」是名詞，當「關卡的大門」講。後邊的「阻過客過關」，也連用了兩個「過」字。可跟前邊的「關關」相反，頭一個「過」跟「客」合到一塊，是名詞，當「過路的客人」講；後邊的「過」是動詞，當「通過」講。老師在這兒用了同字同音異義，說了這麼一句話。學生一聽，老師這是發牢騷，還是考我呢？要對上下句，真夠難的。學生想了半天，也想不出來，心想，這真是出對兒容易，對對兒難呀！

想到這兒，學生猛然靈機一動，想出了個對句：

出對易，對對難，請先生先對。

下聯不但對得工整，而且中間「對對難」的「對對」兩字連用，後邊「請先生先對」的兩個「先」字連用，用法跟上聯完全一樣，對得真絕。老師一聽學生對得這麼巧，剛才的煩悶，也沒影了，連連誇獎他。末了，老師沒考上舉人，他的這個聰明學生倒考上了。

……

清人莊有恭，小時候愛放風箏。一日，他和幾個小夥伴一起放風箏，風箏落進了某位將軍府的花園裡。大家都沒了主意，怕惹出是非。莊有恭一言不發，只見他隻身一人向將軍府走去，準備進去尋找風箏。說來也巧，將軍府的門房竟未攔他。莊有恭進得園中，將軍正與客人下棋。將軍抬頭一看，原來是來園中撿風箏的，仔細一看，小孩神氣非凡。將軍有心考他，提出和他對對子，莊有恭欣然同意。將軍邊撚鬍鬚，邊指廳堂上掛的畫吟道：

舊畫一堂，龍不吟虎不嘯，花不聞香鳥不叫，見此小子可笑可笑。

莊有恭低頭略思片刻，猛抬頭，眼神爍爍，手指棋盤，朗朗高吟：

殘棋半局，車無輪馬無鞍，炮無煙火卒無糧，喝聲將軍提防提防。

將軍、客人一聽，相對大笑。從此，莊有恭「神童」之名遠近傳揚。

……

紀曉嵐幼時聰敏過人，過目不忘，有「小神童」之美譽。其師石先生甚愛之，只因功課對他毫無壓力，他便偷閒養家雀。為了不讓石先生發現，他將家雀塞進牆洞裡，再用磚頭把洞堵上。石先生發現這個秘密，怪其不務正業，便偷偷將家雀摔死又放入洞中，然後在堵洞口的磚上戲題一上聯：

細羽家禽磚後死。

紀曉嵐下課又去餵家雀，見磚上對聯言明家雀已死，知是石先生所為，便在旁邊續對下聯：

粗毛野獸石先生。

紀曉嵐畫像

石先生看到續聯大為惱火，手持教鞭責問紀曉嵐，為何辱罵先生？紀曉嵐不慌不忙答辯說：「我是按先生的上聯續對的下聯。請看，粗對細，毛對羽，野對家，獸對禽，石對磚，先對後，生對死。是不是這樣對，請先生指教。」石先生無言對答，拂袖而去。

……

少年時期，紀曉嵐就聰穎過人。一日，他和小夥伴們在街上玩球。恰好府官乘轎經過。一不小心，球被擲進轎內。孩子們面面相覷，不知如何是好。紀曉嵐壯起膽子上前討球。府官戲弄地出了個上聯：

童子六七人，惟汝狡。

讓紀曉嵐對下聯。對得出，就還球給他。紀曉嵐一尋思：

太守二千石，獨公……

「怎麼不說完？」府官問，「你要是還我球，就是獨公廉，不然就是獨公貪。」府官一愣，只得把球還給了紀曉嵐。小夥伴們都從心裡佩服他。

……

紀曉嵐是河北人。有一次，他到南方的杭州去辦事。杭州的一個朋友準備了好酒好菜來招待他。吃飽喝足了，倆人坐著閒聊。朋友對紀曉嵐說：「你們北方人是不是不太會對對子？頭年我到北京去，給北方朋友出了個上聯，可他們聽了，一個個光搖手，不言聲。」上聯是：

雙塔隱隱，七層四面八方。

紀曉嵐聽了，哈哈大笑說：「其實，他們搖晃手就是回答你了。」看這位朋友還不大明白，紀曉嵐也伸出一個手巴掌，跟著說出了這個「啞謎」下聯：

孤掌搖搖，五指三長兩短。

孤掌，一個手巴掌；五個手指有三個長的：食指、中指、無名指，兩個短的：大拇指和小拇指，這就叫「五指三長兩短」。對句的「三長兩短」跟出句的「四面八方」還都是帶數字的成語，對得挺巧。那個朋友這才明白了搖手的意思。

從前有一個窮書生，好打抱不平，為此被富紳誣陷。公堂審案，縣官知道他的為人，想找個理由將其釋放，便說道：「我出一聯，你能對上則免罪，不能則嚴辦。」這個上聯是：

雲鎖高山，哪個尖峰得出？

書生見壁洞透進陽光，對道：

日穿漏壁，這條光棍難拿！

惺惺惜惺惺，結果不言而喻。

……

從前有一神童，智慧過人，九歲時就去參加鄉試。由於場外人多擁擠，遂由他的父親背進考場。考官見狀，大為驚詫，出一聯面試：

子以父為馬。

神童立答：

父望子成龍。

考官見他對得如此工整，頗為意外，於是繼續問：

猴子三朝，焉能攀樹。

神童對答：

火星一點，豈怕從林？

考官驚其才華，又出一聯：

王不出頭誰是主？

神童回答：

鳥添一口便為鳴。

考官見難不倒他，便將一螞蟻捉在手中，問道：「你說我手中之物，是活的還是死的？」神童也很機智，雙足欲跨門檻道：「你看我腳上之鞋，要出去還是進來？」考官見其聰明過人，便將其錄取。

……

《中國楹聯大觀》記載，清末孫中山留學歸國，途經武昌時，聞張之洞辦洋務興實業，欲與一見，便投名刺曰：「學者孫文求見之洞兄。」張之洞見用此種口氣同他說話，便在紙條上寫出一聯，讓門官交孫中山。聯曰：

持三字帖，見一品官，儒生妄敢稱兄弟。

孫中山旋即寫出下聯傳進去：

行千里路，讀萬卷書，布衣亦可傲王侯。

張之洞見了，暗暗稱奇，立即下令開中門迎接。

張之洞上聯中在擺官架子，孫中山在對句中則以「糞土當年萬戶侯」的氣慨予以折服。兩人之聯皆各切身份。

……

中國大陸解放前，廣州惠愛路（今中山路）的「好奇香」茶樓門口，懸掛著一條向顧客求對的上聯：

為名忙，為利忙，忙裡偷閒，飲杯茶去。

樓老闆以此招徠顧客，為飲茶憑添雅興。一天來一位茶客，看上聯後，凝視不語。老闆忙將顧客讓上茶座，斟上了一杯香茶，但看客人儀表有欠風雅，即以語含譏諷的口吻道：「先生如有意，何不揮毫賜教？」見那客人把茶一飲而盡說：「老闆，有筆墨何不拿來一用。」說話間，筆墨送到，客人提筆立就下聯：

勞心苦，勞力苦，苦中尋樂，拿壺酒來。

老闆看後，連連伸出大拇指，讚賞不已。於是這副主客妙對，隨之傳為佳話。

……

郭沫若幼年在私塾讀書。有一次和同學們偷吃了廟裡的桃子，和尚找先生告狀，先生追責學生，沒人承認。先生說，我出個對子，誰能對上免罰。先生曰：

昨日偷桃鑽狗洞，不知是誰？

郭沫若思索了片刻，對道：

他年攀桂步蟾宮，必定有我。

先生驚其才華，極為高興，全體學生都免予處罰。

……

一九五三年，錢三強率科學考察團出訪，團員有華羅庚、張鈺哲、趙九章、呂淑湘等人。

途中閒暇無事，少不得談今論古。這時華羅庚即景生情，得出上聯一則：

三強韓魏趙。

這個上聯很有意思。「三強」說的是戰國時期韓、魏、趙三個強國，卻又隱喻代表團團長錢三強的名字，這就不僅要解決數字聯中難對的困難，而且要在下聯中嵌入一位科學家的名字。因此，華羅庚上聯一出，諸人大費躊躇。隔了一陣，只見華羅庚不慌不忙地吟出了下聯：

九章勾股弦。

「九章」是中國古代著名的數學著作，這本書首次記載了中國數學家所發現的畢氏定理。同時，「九章」又是大氣物理學家趙九章的名字。對得如此之妙，使滿座為之傾倒！

二・諷刺篇

所謂「嬉笑怒罵皆成文章」。由於其精練的文字和對比的特色，對聯亦常被用來作為諷刺幽默的一種表現手法，在嬉笑怒罵中展現出中國文化的特有韻味。

一次，蘇軾遊完莫干山，來到山腰的一座寺觀。道士見來人穿著格外簡樸，冷冷地應酬道：

「坐！」對小童吩咐道：「茶！」蘇軾落座，喝茶。他隨便和道士談了幾句，道士見來人出語不凡，馬上請蘇軾入大殿，擺下椅子說：「請坐！」又吩咐小童：「敬茶！」蘇軾繼續和道士攀談，妙語連珠，道士連連稱是。道士不禁問起蘇軾的名字來，蘇軾自謙道：「小官乃杭州通判蘇子瞻。」道士連忙起身，請蘇軾進入一間靜雅的客廳，恭敬地說：「請上座！」又吩咐隨身道童：「敬香茶！」蘇軾見道士十分勢利，坐了一會兒就告辭了。道士見挽留不住，就請蘇軾題字留念。蘇軾於是寫下了一副對聯：

坐，請坐，請上座。

茶，敬茶，敬香茶。

聯語即席出之，不加雕琢，充滿機智，巧借對方現身說法，還治其人之身，刻畫出道人的一副勢利嘴臉，新穎別致，詼諧幽默。從此，這副對聯成為譏諷勢利小人，痛砭世俗流弊的妙對趣聯，不脛而走，廣為流傳。

……

明朝解縉是神童，年紀不大，名聲可是不小。某次遇到一位高官，高官想：解縉小小年紀名聲這麼大，到底能有多大的能耐？他十分不服氣，於是故意刁難解縉，出了個上聯：

牆上蘆葦，頭重腳輕根底淺。

此聯表面上是描述蘆葦的生長狀態，實際上借雙關來教訓解縉，小小年紀不要太輕狂，須知山外有山人外有人。想那解縉可不是等閒之輩，立馬就對了下聯：

山間竹筍，嘴尖皮厚腹中空。

下聯意思說別看你鬍子一把年紀不小，也沒什麼真本事，把這位老先生噎得說不出話來。

這副對子流傳後世，它形象的描述和寓意深刻的雙關使人百讀不厭。

……

《笑笑錄》記載說，明朝才子唐伯虎為一商人寫了一副對聯：

生意如春意，

財源似水源。

這商人嫌該聯表達的意思還不明顯，不太滿意。唐伯虎給他另寫了一副：

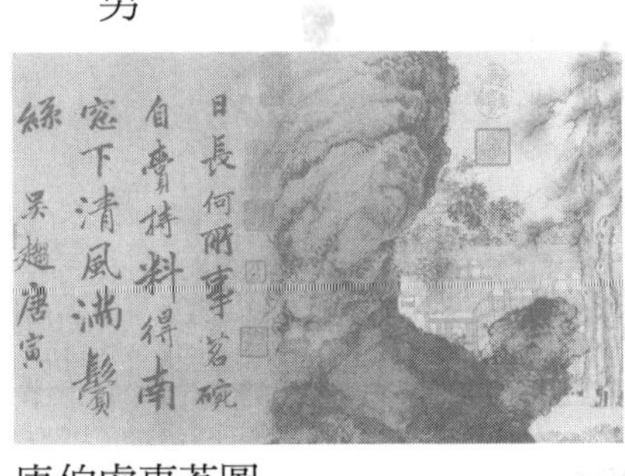

唐伯虎事茗圖

門前生意，好似夏月蚊蟲，隊進隊出。

櫃裡銅錢，要像冬天蝨子，越捉越多。

商人見了之後，大喜而去。

蚊子、蝨子，皆為嗜血動物，人人見而厭之。以此比喻生意和銅錢，形象不言而喻。此商人居然「大喜」，足見其無知與淺薄，聯趣正在這裡。此聯除用比喻外，還用了重言（隊、越）。

……

《中國古今巧對妙聯大觀》記載，明朝萬曆年間，艾自修與張居正同科中舉，艾自修名列榜末，舊稱背虎榜。張居正嘲笑他說：

艾自修，自修勿修，白面書生背虎榜；

艾自修當時未對出。張居正當上宰相後，相傳與皇后有曖昧關係，艾自修抓住這一點。遂得出了下聯：

張居正，居正勿正，黑心宰相臥龍床。

聯語對得很工整。兩聯先用嵌名，然後運用聯珠（「自修、自修」與「居正、居正」）、重言（修、正）。

……

明朝末年，史可法堅守揚州，城破之後不屈而死。又有崇禎時期的兵部尚書洪承疇，變節投清，朝野不齒。於是就有人寫了這麼一副對聯，嵌史可法與洪承疇之名：

史鑒流傳真可法；
洪恩未報反成仇（承疇）。

此聯後被擴展成為：

史筆流芳，雖未成功終可法；
洪恩浩蕩，不能報國反成仇。

聯語雖有擴有改，基本意思和手法未變。

……

洪承疇在明朝為官之時，很受崇禎皇帝的信任與重用。他因此在自家宅第上寫了一副門聯，表示對崇禎皇帝的忠心：

君恩深似海，

臣節重如山。

然而松山一戰，洪承疇戰敗，變節降清，於是就有人在聯後各添一字對他加以諷刺：

君恩深似海矣，

臣節重如山乎？

後來，洪承疇回到南安故居，一日與族人子弟對弈，觸景生情，說道：

一局如棋，今日幾乎忘穀雨。

那宗族子弟對洪承疇的人品也頗有看法，應答道：

兩朝領袖，他年何以別清明？

從表面上看，「穀雨」、「清明」都是二十四節氣之一，然而「清明」卻又隱喻著明朝與清朝，恰恰諷刺了洪承疇變節投敵的無恥嘴臉。

……

乾隆年間，有一年工部（六部之一，又稱水部）發生火災，皇上命大司空金簡召集民工重建，當時就有人作了一句上聯欲求應對：

水部火災，金司空大興土木。

因上聯中包含了「金、木、水、火、土」五字，對起來頗費周折。當時有位中書舍人（官名）前去請教紀曉嵐，紀曉嵐笑道：「只要您不忌諱，我馬上就能作答。」中書舍人連說無妨，紀曉嵐於是對出下聯：

南人北相，中書君什麼東西！

……

宋湘是清代乾嘉年間廣東嘉應州（今梅縣）的著名才子。有關他文才敏捷的故事很多，其中之一就是他巧對對子作弄名流。

宋湘幼時家貧，曾替人看牛，後來中了進士，但當時一些名流，因他出身貧賤，還是看他不起。在某次文酒會中，有人就特地出一聯為難他：

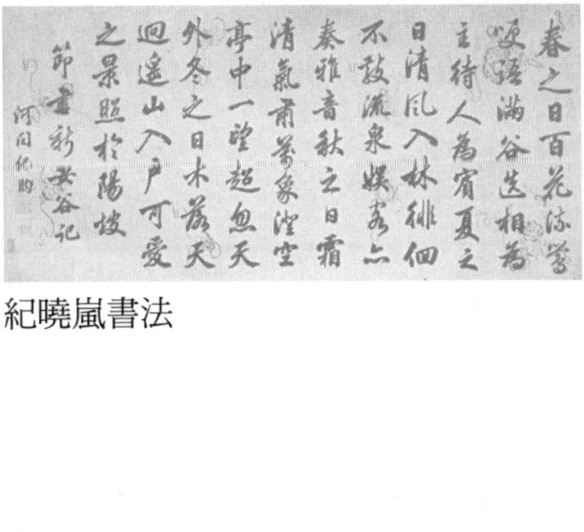

紀曉嵐書法

北雁南飛，遍地鳳凰難下足。

此聯意即將他比作「北雁」，將在座名流比作「鳳凰」，罵他不自量力，不配和這些名流站在一起。

宋湘看了，不露聲色，隨手取一紙片，寫後搓成一團，以茶碟覆蓋，不辭而行。眾人以為他對不通，惱羞成怒，紛紛笑他徒有虛名。有一人說，且看他寫什麼，於是揭開茶碟，眾人低頭鋪平紙團，只見紙片上寫的是：

東龍西躍，滿江魚鱉盡低頭！

這下聯的意思，卻是將宋湘自己比作蛟龍，而將滿座名流比為看到蛟龍就低頭的「魚鱉」。

……

滿清四大中興名臣之中，左宗棠對曾國藩很有意見，常常故意和他作對。曾國藩煩不勝煩，一日對左宗棠說，我有一個上聯，請你對出下聯。這上聯是：

季子有何高？與余意見竟相左？

這是個嵌名聯。左宗棠字子高。這上聯的意思是，你左宗棠有什麼本事，故意事事與我作對？

左宗棠略一思索，便對出下聯，予以回罵：

藩臣徒誤國，問爾經濟有何曾？

這下聯也嵌入了曾國藩的名字，說你曾國藩只能誤國，做出過什麼經邦濟世的事業？

……

清末常熟人翁同龢，曾任戶部尚書（相當於古代大司農之職），在任期間與合肥人李鴻章不和。李鴻章在八國聯軍侵佔北京後被任為全權大臣，等於過去的宰相。

一次，翁同龢出聯譏諷李鴻章：

宰相合肥天下瘦。

李鴻章反唇相譏：

司農常熟世間荒！

……

李鴻章與張之洞的關係一直都不怎麼好。庚子年八國聯軍入京後，張之洞、劉坤一聯合起來與各國政府周旋，簽訂東南之約，而留在京師的李鴻章卻只能和聯軍總帥德將瓦德西談判，而且還毫無結果。張之洞就此寫信譏笑李鴻章。李鴻章對張之洞的行為大為不滿。張之洞字香濤，因此李鴻章說：

香濤做官數十年，猶是書生之見也。

意思是說張之洞不識大局。

張之洞聽說後，怒道：

少荃議和兩三次，乃以前輩自居乎？

少荃為李鴻章的字。當時人以為是一副天然對聯。

……

張愛玲的祖父張佩綸，字幼樵，清末著名「清流」健將之一。他因馬江海戰大敗而被發配邊疆，後來被李鴻章招為西席（幕僚），當時已經年過不惑。李鴻章讓他為自己年近三十尚未出閣的女兒挑選女婿。張佩綸問：「要怎樣的才學才配得上小姐？」李鴻章回答說：「和你差不多就成了。」張佩綸立刻跪在地上說：「學生我剛剛死去了妻子，而您的女兒又和我是文學上的知己，所以我斗膽要求高攀做您的女婿。」李鴻章只好答應。

此事一出，輿論譁然。於是就有人寫了一副諷刺聯：

養老女，嫁幼樵，李鴻章未分老幼；
辭西席，就東床，張佩綸不是東西。

……

清朝有一官吏，貪而且是酷吏。有一年過年，他為了表示自己當父母官的正直無私，自擬了一副對聯，貼於門口：

愛民若子，
執法如山。

誰知，有人看了之後，心中氣憤，夜裡拿筆在對聯每句下面各添了一行字，變為如下一副對聯：

愛民若子，金子銀子皆吾子也；

執法如山，錢山靠山為其山乎？

這一改動，辛辣地諷刺了這位官吏的貪贓枉法。

……

一八九四年，中日甲午戰爭爆發。同年十一月二日，日軍侵佔大連。敗訊傳來，正值慈禧太后六十大壽，有人憤然書聯於北京牆頭：

萬壽無疆，普天同慶；

三軍敗績，割地求和。

慈禧垂簾聽政二十餘年，喪權辱國，死後卻被尊為慈禧端佑康頤昭豫莊誠壽恭欽獻崇熙皇太后。對此，有人寫對聯嘲諷道：

垂簾廿餘年，年年割地；

尊號十六字，字字欺天。

……

八國聯軍侵華後，腐敗的清政府不得不向洋人低頭，有些假洋鬼子則以恥為榮。有一次，一個洋行買辦竟肉麻地出一聯吹拍洋大人的無上權威：

琵琶琴瑟八大王，王王在上。

他出此聯徵對，滿以為會招來其他人的附和，不料座中有一人憤然起對道：

魑魅魍魎四小鬼，鬼鬼犯邊。

此聯對得義正詞嚴，擲地有聲，道出了中國人民的民族義憤，使那個假洋鬼子愕然失色。

……

一九〇四年慈禧七十歲生日，國學大師章太炎作一聯云：

今日到南苑，明日到北海，何日再到古長安？歎黎民膏血全枯，只為一人歌慶有；

五十割琉球，六十割臺灣，而今又割東三省，痛赤縣邦圻益蹙，每逢萬壽祝疆無。

「南苑」、「北海」都是清朝的皇家園地。上聯前兩語揭露了慈禧只顧遊樂的腐化生活。「古長安」即今西安市，一九〇〇年八國聯軍攻陷北京，慈禧狼狽地逃到西安避難，第三語是對此事的尖銳諷刺。最後兩語指出，當局用盡老百姓的膏血來搞祝壽活動。

……

下聯述說了慈禧五十、六十歲時，將琉球群島和臺灣割給日本，現在又將東北三省拱手相送（當時，日、俄帝國主義為爭奪中國東北三省的控制權而開戰，清政府卻表示「中立」，聽之任之）的事實。中國在古代稱為「赤縣」，「邦圻日蹙」意是國土日益減少，「疆無」意是疆土喪失。

……

清代，有某知府老爺驕下諛上，見錢眼開。人們為他寫了一聯：

見州縣則吐氣，見藩臬則低眉，見督撫大人茶話須臾，只解得說幾個「是！是！是！」
有差役為爪牙，有書吏為羽翼，有地方紳董袖金賄贈，不覺得笑一聲「呵！呵！呵！」

州縣，就是州官縣官，都是知府下屬，遇見下屬作吐氣、揚眉、傲慢之態。藩是藩台，明清時對布政使的俗稱，主管一省錢糧、人事。臬是臬台，明清時對按察史的俗稱，主管一省司法。督撫則是總督與巡撫，明清兩代最高的地方行政長官。聯中「是！是！是！」表示俯首聽命，「呵！呵！呵！」表現得意神情，就是繪態之詞。此聯的口語化和諧謔意味，刻畫了封建官僚的醜態，惟妙惟肖。

到了民國初年，一般官吏對上司仍尊稱「大人」而自稱「卑職」。有的在上司面前自賤，一副奴才嘴臉。有人據此又擬如下一聯：

大人、大人、大大人，高升，升到卅六重天宮，與玉皇大帝蓋瓦。

卑職、卑職、卑卑職，該死，死入十八層地獄，替閻王老子挖煤。

此聯把一些人捧上抑己、吹牛拍馬的醜惡形象寫得入木三分。聯文用第一人稱，使人如耳聞目睹現場表演一般。此對聯除它所具有的幽默、工巧特點外，在上下聯內善用疊字照應，使聯文讀來順口，更顯活潑。

……

袁世凱死了以後，北洋軍閥控制下的北京政府，大總統換了一個又一個。黎元洪、馮國璋、徐世昌、曹琨，還有沒當上總統，卻握有實權的段祺瑞、張作霖、吳佩孚等，就跟走馬燈似的，輪換掌權，爭權奪勢，連年混戰，遭殃倒楣的還是老百姓。每換一次總統，還要下令讓全國各地掛旗子來慶祝。有人氣憤地寫了一副對聯，斥罵那些禍國殃民的「大總統」們：

民猶此也，國猶此也，何分南北；

‥

總而言之，統而言之，不是東西！

這是個嵌字聯，上下聯裡嵌上了「民國總統不是東西」八個字。對聯是說，不管南方還是北方，老百姓還是這樣痛苦，國家還是這樣混亂。你們這些作威作福的民國「大總統」們，不管換多少個——沒一個是好東西！

……

袁世凱稱帝沒多久，就在全國人民的唾罵聲中，死去了。四川有人給他寫了一副「輓聯」，實際上是在嘲諷他：

袁世凱千古；

中國人民萬歲！

人們看了以後，都挺奇怪，問他：「上聯的『袁世凱』是三個字，怎麼能對『中國人民』四個字呢？上下聯對不上啊！」寫「輓聯」的人笑了：「袁世凱本來就對不起中國人民嘛！」

……

據說國民黨統治中國大陸時期，苛捐雜稅多得像牛毛。有人特意編了這樣一副對聯：

盡敲榨，假充公用，遍設關稅、卡稅、田稅、屋稅、丁頭稅，稅到民不聊生——將腹稅；

竭搜羅，大飽私囊，勤抽鹽捐、米捐、豬捐、柴捐、屎尿捐，捐得人無活計——把軀捐！

對聯在諷刺國民黨政府使勁搜刮民脂民膏，五花八門的苛捐雜稅，逼得老百姓簡直沒活路了，就剩下把空肚皮和瘦身子也當成稅款捐出去了！可反動政府卻在報紙上、廣播裡，大喊什麼「民國萬歲」、「天下太平」。成都文人劉師亮十分氣憤，就拿這兩句口號，利用諧音編了一副對聯：

民國萬稅（歲）；

天下太貧（平）！

真是一字見真諦！

……

一九二六年，汪精衛在武漢政府期間，口頭高喊革命，辦事卻大耍官僚派頭，講排場、圖享受。一次，他到鄭州開會，馮玉祥對他的這一做法極為反感，便寫了一副對聯送給了汪精衛：

一桌子點心，半桌子水果，那知民間疾苦；
兩點鐘開會，四點鐘到齊，豈是革命精神？
辛辣地諷刺了汪精衛等人裝腔作勢的官僚做派。
……

三・修辭篇

對聯形式頗多，機關複雜。有頂針對、回文對、諧音對、無情對、拆合對等多種樣式，各有其精妙所在。此諸多形式、機關，皆立足於漢字文化之多姿多彩基礎上，乃是典型的文字遊戲。

居住於金山寺的北宋僧人佛印，一次與蘇軾同遊巫山。佛印即興出一聯為：
無山得似巫山好。

蘇軾對道：

何水能如河水清。

上聯「無」與「巫」，下聯「何」與「河」，均同音自對，又同結構互對；此外，下聯還以「水」對上聯的「山」，兩聯構思巧妙。

……

從前有一個解元（科舉時，鄉試第一名為解元），姓解，一日外出，又熱又渴，回到家裡，侍女忙端來一杯香茶，並風趣地說出一聯：

一杯香茶，解解解解元之渴。

解元一聽，竟忘了口渴，連連說道：「妙對！妙對！」前兩個「解」字是解渴之「解」；第三個「解」字是姓（音謝）；第四個「解」字則是「解元」之解（音介）。解學士忙向諸生求對，卻一時竟無人能對出。於是「絕對」之名，遂傳遍京城。

無獨有偶，京城裡有一個姓樂的樂師，一天從外邊回來，不見妻子，只聞清唱之聲。就喚妻子到跟前，他說：「家事不理，唱什麼？」妻子一看丈夫的臉上頗有不悅之色，於是就滿面堆笑地說出一句話：

兩曲清歌，樂樂樂樂師的心。

樂師一聽，不快之情頓消，並連聲讚道：「妙對！這不剛好對上了那個上聯嗎？」

這下聯前兩個「樂」字是快樂之樂；第三個「樂」字是姓（音月）；第四個「樂」字則是樂師之樂（音月）。恰與上聯相應對仗，妙趣橫生。

……

明朝陳洽八歲時，一次和他父親在江邊散步。江中有兩隻船，一搖櫓，一揚帆。後者速度快，很快超過前者。洽父於是出一聯讓其子對：

兩船並行，櫓速（魯肅）不如帆快（樊噲）。

剛好，這時遠處一牧童弄笛，一人吹簫，陳洽立即以此為題，續了下聯：

八音齊奏，笛清（狄青）難比簫和（蕭何）。

兩聯均從寫景開始，並用雙關語手法，引出歷史人物，對得妙趣橫生。

……

蘇軾與好友佛印和尚時常戲謔，感情非常好。一天，兩人出遊，蘇軾見一隻狗在河邊啃肉骨頭，便出聯相謔：

狗啃河上（和尚）骨。

佛印從容不迫，把寫有蘇軾詩句的扇子往河裡一扔，對上下句：

水流東坡詩（屍）。

兩人對視，哈哈大笑。

……

明朝神童程敏政當了翰林以後，大學士李賢特別喜歡他，有心把他招為女婿。一天，李賢把程敏政請到家裡，擺上了好酒好菜招待他。吃到半截，李賢指著桌上擺著的藕片問程敏政：

因荷（何）而得藕（偶）？

表面兒是在問他，是不是因為有了荷花才能得到藕呢？其實，話裡有話。「荷」跟「何」

……

一個音，「藕」跟「偶」一個音，李賢是在試探程敏政：你想靠什麼娶個好妻子哪？

程敏政多機靈呀，一聽就明白了。他早聽說李尚書的女兒是個有才有貌的好姑娘，就對答了一句：

有杏（幸）不須梅（媒）！

程敏政的對句字面兒上對的都是水果，意思是有了甜杏，就不用再找楊梅了。可實際上他利用「杏」和「幸」、「梅」跟「媒」這些同音字在說，我要是「有幸」讓您看上了，打算招我做女婿，那就用不著再找人作媒了，我樂意！

於是，就這樣，李賢招了程敏政做女婿。

……

蘇東坡與佛印

山海關孟姜女廟有一聯，同字諧音，饒有趣味。

海水朝朝朝朝朝朝朝落

浮雲長長長長長長長消

上聯讀音：海水潮，朝朝潮，朝潮朝落。

下聯讀音：浮雲漲，長長漲，長漲長消。

浙江溫州江心嶼中川殿前亦有一聯，乃是南宋狀元王十朋所寫。

雲朝朝朝朝朝朝朝散

潮長長長長長長長消

此處「朝」有兩種讀音兩種意思。「朝」一種讀音讀ㄓㄠ，是「早晨」的意思；另一種讀音讀ㄔㄠˊ，是「參見，會聚」的意思。「長」也有兩種讀音和含義。「長」一種讀音讀ㄔㄤˊ，意思是「常常」；另一種讀音讀ㄓㄤˇ，是「增長，生長」的意思。全聯應該正確讀為：

雲朝（ㄓㄠ）朝（ㄔㄠˊ），朝（ㄓㄠ）朝（ㄓㄠ）朝（ㄔㄠˊ），朝（ㄓㄠ）朝（ㄔㄠˊ）朝（ㄓㄠ）散潮長（ㄔㄤˊ）長（ㄓㄤˇ），長（ㄔㄤˊ）長（ㄔㄤˊ）長（ㄓㄤˇ），長（ㄔㄤˊ）長（ㄓㄤˇ）長（ㄔㄤˊ）消

⋯⋯

南京莫愁湖有一聯，上聯是：

山人為仙，谷人為俗，人居山谷，半仙半俗。

下聯為：

良月則朗，日月則明，月當良日，又朗又明。

這是一副拆字聯。「山人」組成「仙」字，「谷人」組成「俗」字，「良月」組成「朗」字，「日月」組成「明」字。組字合成，妙不可言，看來作者雖然佚名，但非等閒之輩。

……

清朝嘉慶年間，有個狀元叫李紹仿。他中狀元以後，正趕上嘉慶皇帝過生日。李紹仿寫的是一副嵌字聯作為賀禮：

順泰康寧雍然乾德嘉千古；
治平熙世正是隆恩慶萬年。

此聯別具一格。要是單看上、下聯，字面兒上不過都是些吉祥話

乾隆勝旨

兒，算不上什麼新鮮玩意兒，可上下兩聯合到一塊就大有名堂了。兩聯上下正好嵌上了「順治」、「康熙」、「雍正」、「乾隆」、「嘉慶」——清代開國以來五個皇帝的年號。賀聯是在說，清王朝世世代代國泰民安、國運昌盛，清代帝王們可以名揚千古、流芳萬年！李紹仿拍馬的招數確實「不凡」，不愧為狀元。

……

清代乾隆皇帝到江南旅遊時，微服簡行，人們並不注意。一次，他同告老還鄉的老宰相張玉書在鎮江某酒樓共飲，席間聽一姓倪的歌姬演唱，聽得興高采烈，便出一上聯要張玉書應對：

妙人兒倪氏少女。

這上聯是用「妙」和「倪」兩字拆拼組合而成的，下聯也必須同此結構。張玉書無言以對，窘在一旁。

那歌姬聰穎過人，她並不知出聯者就是一國之主的乾隆皇帝，便走上前去應對道：大言者諸葛一人。下聯同樣以「大」和「諸」兩字拆拼組合而成，對仗工巧，無懈可擊，乾隆皇帝不禁拍案叫絕。

……

清朝李調元以善於作對聯聞名。他至廣東當學政，一秀才對他不服氣，在他必經之路上，用三塊石疊在一座橋上，以便作對考他。李坐轎經過，遇石阻路。秀才說：「聽說相公善作對，小人有一聯請對之。」上聯是：

踼破磊橋三塊石。

李調元想了許久，未對出，歸家問妻子，妻子笑答：「這有何難？」說著對道：

剪開出字兩重山。

「磊」橋踼破是三塊石，「出」字剪開是兩重山，本聯以「磊」對「出」，可算妙聯。

……

清朝翰林劉爾炘，晚年居住在蘭州名勝之地五泉山，號「五泉山人」。他善作對聯，五泉山上的亭、館、橋、閣的對聯，不少是由他撰寫的。有一友人出上聯請對：

此木為柴山山出。

劉爾炘即為友人寫出下聯：因火成煙夕夕多。

上聯「此」、「木」加起來是「柴」，「山」、「山」相加成「出」，下聯亦必須如此。

劉的下聯對得十分工巧：「因」、「火」相加成「煙」，「夕」、「夕」相加成「多」。

……

宋朝時候，有人在翰林學士院的牆上，寫了這麼一句上聯：

李伯陽生指李木為姓，生而知之；

句中的「李伯陽」指的是老子。老子是春秋時候有名的思想家，姓李名耳，字伯陽。這上聯出得挺妙，妙在幾個地方。第一，前半句人名的姓「李」跟「李樹」[1]有關係；第二，「生」是「姓」的偏旁；第三，下半句是個成語，還得用前半句的「生」字開頭；最後，整句說的又是古人的一件事兒。對上這個上聯，得符合這好幾條，夠難！大家都對不上。

一天，詩人楊大年來到翰林院，看到這個上聯，想了半天，對出了下聯：

‥

馬文淵死以馬革裹屍，死而後已。

楊大年的下聯說的也是一個古人。馬文淵就是東漢伏波將軍馬援。馬援曾豪邁地立下過誓言：「男子漢應當勇敢地死在戰場上，用馬皮裹著屍體回家鄉！」後來，馬援病死在軍中，實現了自己的志願。「死而後已」是個成語，意思是為完成一種責任而奮鬥終生，才算完了。這個成語用在馬援身上，特別合適。

……

明代文學家李夢陽，督學江西時，發現一青年與自己同名，於是出一聯叫他對，對不出則受罰。此聯是：

藺相如，司馬相如，名相如，實不相如。

青年人答道：

魏無忌，長孫無忌，爾無忌，我亦無忌。

上聯藺相如是戰國時趙國文臣，司馬相如為西漢文學家；意為其同名異姓，實不能比，就是說你不能和我相比。下聯魏無忌為戰國時魏之信陵君，長孫無忌是唐初大臣；意為雖名同姓異，亦不必忌諱。雙方都引用歷史人物，字意雙關，表意甚巧。

……

清代，北京城裡有一家飯館叫「天然居」，乾隆皇帝曾就此作過一副有名的回文聯：

客上天然居，

居然天上客。

上聯是說，客人上「天然居」飯館去吃飯。下聯是上聯倒著念，意思是沒想到居然像是天上的客人。

乾隆皇帝想出這副回文聯後，心裡挺得意。即把它當成一個聯，向大臣們徵對下聯，大臣們面面相覷，無人言聲。只有大學士紀曉嵐即席就北京城東的一座有名的大廟——大佛寺，想出了一副回文聯：

人過大佛寺，

寺佛大過人。

上聯是說，人們路過大佛寺這座廟。下聯是說，廟裡的佛像大極了，大得超過了人。這副回文聯放到乾隆皇帝的一塊，就組成一副構思巧妙的新回文聯了：

客上天然居，居然天上客；

人過大佛寺，寺佛大過人。

……

清朝李調元一舉登科，做了數年官，便回鄉探親。入了四川後，不免沿途欣賞風光。一路行到川東，忽地一座高山在前，風景秀麗，李調元便帶了數個隨從登山流覽。山上有一古廟，香火鼎盛，廟中主持更是仰慕李調元的文才，親自替他焚香，又陪他四處遊玩，更設置齋菜款待。李調元心知主持有所求，也不說破。飯後用茶時，主持說道：「本廟上代有位長老，擅長丹青。一次，當他正完成一幅出水荷花圖時，剛好吳中才子唐伯虎路過，便請他題字。唐伯虎提筆寫下一個上聯便收筆。長老問他為何，唐伯虎說道：我只寫下一上聯，今後如果有誰能對出下聯，他必定是當世奇才。此聯至今無人能對，大人可否續對？」李調元大奇，叫方丈立即拿畫一看。那果然是好畫，但字更好，龍飛鳳舞地寫著：

畫上荷花和尚畫。

李調元一看，知是諧音回文聯，果然難對。沉思一會，說道：有了，便提筆寫下：

書臨漢帖翰林書。

方丈大喜，連稱奇才。

……

河南省境內有一座山名叫雞公山，山中有「鬥雞山」和「龍隱岩」兩處景觀。有人就此作了一副回文聯：

鬥雞山上山雞鬥，

龍隱岩中岩隱龍。

廈門鼓浪嶼魚脯浦，因地處海中，島上山巒疊嶂，煙霧繚繞，海淼淼水茫茫，遠接雲天。於是，一副饒有趣味的回文聯便應運而生：

霧鎖山頭山鎖霧，

天連水尾水連天。

還有一副回文聯，上聯為：

香山碧雲寺雲碧山香。

說的是香山、碧雲寺，山因寺而雄奇，寺因山而幽靜。

下聯對：

黃山落葉松葉落山黃。絕妙而生動地讚美了黃山天下秀，松樹天下奇的景色。

……

在北京老舍茶館有一副回文聯，上聯為：

滿座老舍客；

下聯是：

客舍老座滿。

此聯巧妙地將「老舍」之名嵌入聯中，正讀倒念文雅通暢，構思奇妙。既用來招徠生意，又自然地反映出老舍茶館賓朋滿座的熱烈場面，令人拍手叫絕。

……

明朝時候，南京金水河是人們遊玩的好地方。一天文人胡子祺帶著八歲的解縉來這兒遊玩。胡子祺知道解縉聰明伶俐，就讓他對對子。胡子祺出了這麼一個上聯：

金水河邊金線柳，金線柳穿金魚口。

意思是說，金水河兩岸剛長出黃色嫩芽的柳條，就跟金線似的低垂著，有人在河裡釣到了金魚，就用柳條穿上金魚的嘴提溜著。這個上聯是個「頂針聯」，就是前半句的末尾一個詞——「金線柳」，又是後半句的頭一個詞。同時這還是複字對，一共用了四個「金」字。

解縉是怎麼對的呢？他看著遊人裡面，有好些打扮得花枝招展的婦女，就對了個下句：

玉欄杆外玉簪花，玉簪花插玉人頭。

簪，是古代人用它來別住頭髮的。有銀的、銅的、骨頭的，還有玉的，簪子的一頭常常雕刻著一些花鳥。「玉人」，指打扮得漂漂亮亮的婦女。解縉的下聯也是頂真對，前半句末尾的「玉簪花」，正好是後半句的開頭。同時，也是複字對，連著用了四個「玉」字，跟上聯的四個「金」字對應，對得又準又好，意思也不錯。真不簡單。

相傳，「無情對」為清代張之洞所創。這種對聯形式，出句和對句各自成章，通過別解才能上下呼應。張之洞很喜歡這種對聯形式，經常用它來和文人墨客們唱和。

一天，張之洞和幕僚們在陶然亭會飲，當時就有人出了一個上聯：

樹已半尋休縱斧。

這上聯本來出自一首詩，要對上很容易，但要用「無情對」來對，就很考驗功力了。

張之洞對出的下聯是：

果然一點不相干。

另一名幕僚對出的下聯則是：

蕭何三策定安劉。

上下聯中，「樹」、「果」、「蕭」皆草木類；「已」、「然」、「何」皆虛字；「半」、「一」、「三」皆數字；「尋」、「點」、「策」皆轉義為動詞；「休」、「不」、「定」皆虛字；「縱」、「相」、「安」皆虛字；「斧」、「干」、「劉」則為古代兵器。尤其是張之洞的對句，以土語對詩句，更是不拘一格。

……

《聯語》記載，南京燕子磯武廟，由於無人照看，到了清末僅剩下一個勒馬橫刀的泥像。有個文人看見之後出了一個上聯：

孤山獨廟，一將軍橫刀匹馬。

未得對句。後來有一趕考書生繫船於江邊時見兩漁翁對釣，於是對出下聯：

兩岸夾河，二漁叟對釣雙鉤。

聯語之巧在於用數。上聯之數全為一，而用「孤」、「獨」、「一」、「橫」、「匹」變言之，下聯之數全為二，而用「兩」、「夾」、「對」、「雙」變言之，使人不覺得有雷同之感。

……

清朝末年，四川省某地新建一孔明、趙雲合廟，有人為廟門寫了上聯：

收二川，排八陣。七擒孟獲，六出祁山。五丈原中，四十九盞明燈，一心只為酬三顧。

此聯用十個數字，概括了諸葛亮一生的功德。因為它句句用數位，而且又得圍繞一個人的業績來表述，實在難對。貼出後無人對出，幾乎成了絕對。

據說有一個廣州僧人路過此廟時，經過一番苦思，仍不能對。最後他要求將上聯中「七擒孟獲，六出祁山」改為「七擒六縱」一句後，便對出了如下表達趙雲功德的下聯：

搶孤子，出重圍。匹馬單槍，長阪坡邊，數千百員上將，獨我猶能保兩全。

這位老僧人遣詞的確不同凡響，他同樣用單、兩、百、千等數詞，加上有數字意義的孤、重、匹、獨等，同樣用數詞巧妙地寫出了趙雲的業績，可與上聯巧對無疑。

……

《中國古今巧對妙聯大觀》載有一聯：

玉瀾堂，玉蘭蕾茂方逾欄，欲攔餘覽；

清宴舫，清豔荷香引輕燕，情湮晴煙。

此聯以妙用音同或音近的字取勝。將此聯反覆快讀，即成繞口。玉瀾堂，在頤和園昆明湖畔，為當年光緒帝寢宮。清宴舫，一名石舫，在頤和園萬壽山西麓岸邊，為園中著名水上建築。

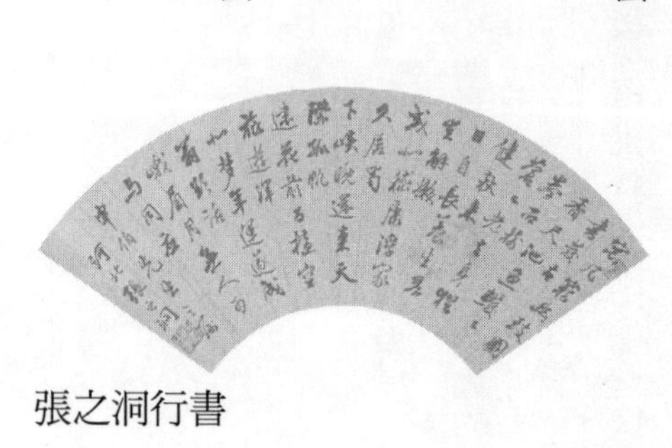

張之洞行書

……

三元塔位於四川省內江市塔山公園，古為蜀地。後人便以三國名人借景抒情，成一著名的人名聯：

身居寶塔，眼望孔明，怨江圍（姜維）實難旅步（呂布）

鳥處籠中，心思槽巢（曹操），恨關羽不得張飛。

……

曾有一聯特別有名：

煙鎖池塘柳，

茶烹鑿壁泉。

此為「五行」巧對，茶泉絕聯。上聯金、木、水、火、土五行居左為偏旁，寫出了翠柳含煙，池塘生碧，空濛縹緲，清麗風雅的景致。下聯充溢茶香泉味，同樣意境佳美：鑿壁得泉，泉從石出水必佳，清冽甘活最宜茶。精茗蘊香，汲泉烹茶，評水品茗，清雅風麗，銖兩悉稱。

‥

下聯用倒裝句，五行變換位置居字腳，更見巧思，珠聯璧合，渾然天成，甚得妙趣。上聯明代陳子升撰，用字出奇，難有佳作，歷經三百多年，直到二十世紀六〇事。年代才對出此聯，傳為茶聯佳話趣

還有對句，如：「桃熛錦浪堤」、「燈深村寺鐘」、「湖增錦榭燈」等，均意境韻味甚佳，但不是茶聯。

……

四．趣聯名聯篇

對聯在中國歷史悠久，精彩迭出，出現了許多膾炙人口的名聯、佳聯、趣聯。人們借用對聯這種文學形式，不僅表現出自己的思想、才學，同時在文字遊戲中爽心怡神，給後人留下無數逸聞趣事。

據傳，朱元璋一日微服出遊，見一戶人家門上貼著這麼一副對聯：

驚天動地門戶，

數一數二人家。

朱元璋看後大吃一驚，心想自己身為皇帝，亦不敢口氣如此倡狂，於是上前詢問，這才知道原來這戶人家有個兒子在宮中當侍衛，專門負責用板子打官員屁股。由於他打人的聲音連皇帝都聽得見，所以是「驚天動地門戶」，而打人時又需要數數，所以是「數一數二人家」。朱元璋聽了之後，大笑而去。

……

當初黃庭堅做媒，告訴秦觀秦少游蘇家準備把蘇小妹嫁給他為妻時，秦少游雖然當即應允，但想到傳說中的蘇小妹突額凹睛，他對自己未來妻子的容貌著實放心不下。由於理學盛行，強調男女授受不親，秦少游從來沒有看見過蘇小妹，訂婚之後更是不可能再見，又不好向別人打聽，這一塊心病著實越來越深。那天得知蘇小妹要入廟進香還願，秦少游計上心來，把自己打扮成一名化緣道人，先在廟門前等著，決定一睹蘇小妹芳容。

蘇小妹的轎子一到，秦少遊就上前去求道：

小姐有福有壽，願發慈悲！

蘇小妹在轎子裡立即拒絕：

道人何德何能，敢求佈施？

秦少游要的就是蘇小妹的搭腔，立即說道：

願小姐身如藥樹，百病不生！

蘇小妹就是好鬥，不甘示弱，跟著說：

隨道人口吐蓮花，分文無舍。

蘇小妹邊答邊想，聽這道人的口音甚是悅耳動聽，年齡一定不大，就不知長得如何，從他化緣的語言看也頗多才思。蘇小妹好奇心一起就忍不住掀開轎簾要看個究竟。秦少游要的就是蘇小妹露出臉孔，如何肯放過這千載難逢的時機，趕緊走上一步。兩人對視，蘇小妹覺得這人就是秦少遊，香也不願進了，示意丫環轉身就走。秦少遊追著說：

小娘子一天歡喜，為何撒手寶山？

蘇小妹心中煩惱，憤憤地答道：

瘋道人恁地貪癡，哪得隨身金穴。

邊說邊一陣風似的起轎回府。秦少游終於見到蘇小妹，覺得她不僅不醜，還氣質高華，清奇逼人，好不高興。他倆的這段姻緣，也成就了文壇上的一段佳話。

但蘇小妹心中卻不服氣，新婚之夜安排了三個題目，要新郎官解開了題目才能進洞房。其中一道題目，是一副上聯：

雙手推開窗前月，月明星稀，今夜斷然不雨。

「今夜斷然不雨」表面是接月明星稀而來，但實際隱含了「雲雨交歡」的意思，還有「雨」與「語」諧音，也就有今夜不和你說話的意思。蘇東坡看懂了裡面的意思，指著「雨」字在旁邊暗暗發笑，又指了指花園中的水井，做了個投擲的動作。秦少游心領神會，立馬回答：

一石擊破水中天，天高氣爽，明朝一定成霜。

紙條一遞進去，房門打開，蘇小妹含羞帶笑站在門邊，秦少游欣然入內。可惜天妒其緣，婚後只有幾年，蘇小妹就撒手塵寰。當時秦少遊在外做官，政治上失意，被貶在外，聽到這一消息，悲痛地寫下一首《千秋歲》：

水邊沙外，城廓春寒退，花影亂，鶯聲碎。飄零疏酒盞，

蘇小妹三難新郎

離別寬衣帶。人不見，碧雲暮合空相對。憶昔西池會，鵷鷺同飛蓋，攜手處，今誰在？日邊清夢斷，鏡裡朱顏改。春去也，飛紅萬點愁如海。

……

從前，有一理髮店開張，某名士為之寫了一副妙趣橫生、妙不可言的對聯：

做天下頭等事業，

用世間頂上工夫。

橫批是：

進士弟。

這一聯文，上下聯「頭」、「頂」二字，分別為一詞兩用的雙關語；「頭」、「頂」二字又各藏在句子中心，聯起來就算標明了這家店是家理髮店，可謂技巧之作。本聯橫批，乍看有些費解，實際上是減字畫構成的謎字。據說正在觀者感到費解時，有位聰明人便上前，在「士」與「弟」上各添兩畫，「進士弟」變成了「進去剃」，觀者這才恍然大悟。

石達開亦曾為一理髮店寫過對聯：

磨礪以須，問天下頭顱有幾；
及鋒而試，看老子手段如何！

讀來氣勢磅礴，豪氣沖天。

……

歸莊，字玄恭，是明末清初有名的文學家。歸玄恭有一肚子學問，可他不想給清朝統治者幹事。有時候心裡憋悶得慌，他就裝瘋賣傻地胡說八道。別人都叫他「歸半瘋兒」。

歸玄恭曾在自己的屋門兩邊，貼過這樣一副楹聯：

兩口寄安樂之窩，妻太聰明、夫太怪；
四境接幽冥之地，人何寥落、鬼何多！

幽冥，是迷信裡說的所謂「陰間」。這副聯意思是說，我們老兩口住在「安樂窩」裡，妻子太聰明，丈夫太古怪。周圍可真夠荒涼的，大概是挨著「陰間」的邊上了。要不，怎麼人這麼少，「鬼」這麼多！歸玄恭說的「人少鬼多」，其實是在罵當時的社會太黑暗了，好人少，吃人的「惡鬼」多！

‥

有一次大年初一，歸玄恭又在外院的破門上貼了這麼一副春聯：

入其室，空空如也；

問其人，囂囂然曰。

「囂囂」在這兒讀「ㄠˊㄠˊ」，意思是得意揚揚的樣子。歸玄恭的對聯是說：走進我這個家，屋裡空空蕩蕩的什麼也沒有；要是打聽一下屋裡的主人，我就揚揚得意地笑著跟你聊聊。對聯寫出了歸玄恭以窮為樂，堅決不跟統治者同流合污的氣節。

又有一年過春節，歸玄恭在大門外貼了這麼一副對子：

一槍戳出窮鬼去；雙鉤搭進富神來！戳，當「刺出去」講。歸玄恭用這種誇張的手法，表達了他樂觀的精神。第二天一大早，人們看見了這副春聯，都笑得前仰後合。

……

明東林黨領袖顧憲成曾撰一聯：

風聲雨聲讀書聲，聲聲入耳；

家事國事天下事，事事關心。

顧成憲在無錫創辦東林書院，講學之餘，常常評議朝政。後人用這副對聯教導人們「讀書不忘救國」，至今仍有積極意義。上聯將讀書聲和風雨聲融為一體，既有詩意，又有深意，下聯有齊家治國平天下的雄心壯志。風對雨，家對國，耳對心，極其工整，特別是連用疊字，如聞書聲琅琅。

……

清朝有一名士，遊覽四川成都望江樓時，寫了一上聯：

望江樓上望江流，江樓千古，江流千古。

上聯寫出來了，同音疊字運用得十分自然、巧妙，下聯就無人對出。很久以後，才有人對了出來：

印月井中印月影，月井萬年，月影萬年。

……

清代文豪蒲松齡懷才不遇，屢考不第，但仍致力著述，矢志不移。他寫了一聯以自勉：

有志者，事竟成，破釜沉舟，百二秦關終屬楚；

苦心人，天不負，臥薪嚐膽，三千越甲可吞吳。

這副自勉聯，對仗工整，又用了許多熟知的軍事典故，比文場為戰場，以戰例激勵心志，讀來頗受壯志豪情的感染。

……

徐渭，字文長，號青藤，明朝三大才子之一，是明朝中期有名的文學家、書畫家，為人詼諧多智，留下過許多有趣故事。徐渭生前畫過一幅《青藤書屋圖》，畫的就是自己的家。他在畫上題了一副有名的對子：

幾間東倒西歪屋；

一個南腔北調人。

上聯是說自己住的幾間破屋子，這是自我嘲笑。下聯的「南腔北調」，本來指說話的口音不純，北方話和南方話摻和在一塊。可在這兒的實際意思是，我徐渭跟社會現實格格不入，唱的不是一個調！

據說，徐渭還寫過這麼一副怪聯：

好讀書，不好讀書；

好讀書，不好讀書。

這對聯看上去很奇特，上下聯的字詞和排列順序完全一樣。其實，這副對聯妙就妙在相同處表現出了不同之意，關鍵在於對聯中的四個「好」字，正確讀法是：

好（ㄏㄠˇ）讀書，不好（ㄏㄠˋ）讀書；

好（ㄏㄠˋ）讀書，不好（ㄏㄠˇ）讀書。

意思是：一個人年輕的時候，眼神好，精力旺盛，有條件好好讀書，可惜有不少青年人不好（ㄏㄠˇ）讀書，荒廢了青春；等到上歲數了，懂得了讀書的好處，愛好（ㄏㄠˋ）讀書啦，可這會兒老眼昏花，體力也不頂勁了，根本不能好好（ㄏㄠˇ）讀書了。徐渭在勸人們要趁自己年輕的好時候，抓緊學習，多讀書。

……

宋朝的洪平齋學問不錯，為人正直敢說。他寫文章常愛用「而已」兩字。「而已」的意思是「不過如此」、「罷了」。他考上進士以後，在朝廷裡當了個小官。可他看不慣當朝宰相幹的壞事，就上書給皇上，告了宰相一狀。不料，這份奏章讓宰相看見了，這使得洪平齋仕途艱難。洪平齋一肚子牢騷，無處發洩。過年的時候，他在門外貼了這麼一副春聯：

未得「之乎」一字力；

只因「而已」十年閑。

意思是說，我讀了好些「之」、「乎」、「者」、「也」的古書，考上了進士，可就為告了宰相一狀，用了「而已」倆字，一下被冷落了十年，滿肚子學問也白搭了。

……

古人尚文言，今人用白話。有位先生為此而戲作一聯，言簡意賅，趣味十足。

上聯是：

文言難免之乎者也。

下聯為：

白話不過的了嗎啦。

……

當年曾國藩在道光十八年殿試，只是入圍三甲，成了「同進士」。這事成了他一個心病，於是便有了下面的故事。

曾國藩做兩江總督時，有一天，兩個幕僚無聊時對對聯玩。一個出了一個上聯：

如夫人。

如夫人就是小妾的意思。

另一個就對：

同進士。

一個又把上聯加為：

如夫人洗腳。

另一個就對：

同進士出身。

一個再加：

替如夫人洗腳。

另一個再對：

賜同進士出身。

正對得高興，突聽屋子裡一聲爆響，接著就見總督大人鐵青著臉從裡面出來，拂袖而去。兩個幕僚莫名其妙，去問老幕僚。老幕僚一聽，忙說：「你們二人趕緊收拾行李走人吧。怎麼哪壺不開提哪壺——你們不知曾大人就是『賜同進士出身』？」二人一聽，馬上收拾家當逃之夭夭——他們做夢也沒有想到這權傾天下的曾大人居然也就一個「同進士」！

⋯⋯⋯

安徽霍山縣有座山叫韓侯嶺，嶺上有座淮陰侯墓。淮陰侯就是秦末漢初時候大名鼎鼎的韓信。淮陰侯墓前邊的祠堂裡有這樣一副對聯：

生死一知己；

存亡兩婦人。

別看上下兩聯只有短短的十個字，可這兩句差不多說了韓信一生主要的事。

上聯說的「一」個「生死知己」就是西漢丞相蕭何。蕭何慧眼識人，勸劉邦重用出身卑微的韓信，終於打敗了項羽。韓信能建功立業是蕭何這個「知己」幫助的結果。可是，漢朝建立以後，韓信跟漢高祖劉邦不和，後來被劉邦的妻子呂后用計殺了，而參預殺韓信的人當中也有蕭何。所以直到今天還留下這麼一句成語「成也蕭何，敗也蕭何」。說的跟這個上聯「生死一知己」，是一碼事。

下聯的「存亡兩婦人」又是怎麼回事呢？這兩個婦人，一個救過韓信的命，一個要了韓信的命。救過他的是一個洗衣服的窮老太太。韓信年輕的時候，窮得沒轍了，有個老太太常在河邊給人家洗紗，看他餓得怪可憐的，就省些飯給他吃。後來，韓信當了楚王，找來了救濟自己的老太太，一再感謝她，還送了她一大筆錢，給她養老送終。這就是讓韓信「存」的「一婦人」。讓韓信「亡」的「一婦人」，就是呂后。前面已經說了。

淮陰侯祠堂的這副對聯，只用了短短的十個字，就把韓信由倒楣到走運、發跡，直到被殺，這些大事差不多都包括進去了，乃是千古名聯。

諸葛亮武侯祠遍及中國各地，其中最出名、至今保存最好的是南陽和成都的兩祠。兩祠中的兩副楹聯，令人回味。

其一（南陽武侯祠）：

收兩川，擺八陣，七擒六出，五丈原設四十九盞明燈，一心只為思三顧；

取西蜀，征南蠻，東和北拒，中軍帳按金木土爻之卦，水面偏能用火攻。

這副對聯巧妙地使用數字，對得工整，概括了諸葛亮出山後二十七年的戎馬政治生涯，綜合了世代傳說的種種事蹟。

其二（成都武侯祠）：

能攻心，則反側自消，從古知兵非好戰；

不審勢，則寬嚴皆誤，後來治蜀要深思。

這副對聯道出諸葛亮治政治軍的經驗和他的高遠境界。他的用兵之道，以攻心為上，攻城為下；治蜀採用嚴刑峻法，使蜀中風化肅然。一代諸葛武侯，其情，蒼天可表；其義，大地為之動容；其智慧，千百流傳；其忠誠，為後世人所景仰。

……

西湖岳飛墓前有名聯：

青山有幸埋忠骨；

白鐵無辜鑄佞臣。

後人阮元諷秦檜夫妻跪像：

咳！僕本喪心，有賢妻何至若此？

啐！妾雖長舌，非老賊不到如今！

上聯是用秦檜的口氣寫的：「唉！我本來就是個沒人心的東西，可身邊要是有個好媳婦，興許也不至於沒完沒了的老在這兒跪著吧？」

下聯是用秦檜老婆的口氣回答說：「呸！雖說我是個長舌婦，可要不是因為你這個老賊，我怎麼會陪你跪著挨人啐（吐口水）！」

成都武侯祠對聯

……

《素月樓聯語》上說，乾隆時期的狀元秦澗泉學士，是江寧（今南京）人，而秦檜，也是江寧人。當時大家都認為秦澗泉是秦檜的後人。

有一天秦澗泉到西湖遊覽，有人故意請他瞻拜岳王墳並題聯，秦澗泉無奈，題云：

人從宋後無名檜，

我到墳前愧姓秦。

忠奸之判，儼如冰炭。秦檜之害岳飛，令數百年之後的後人尚且為此蒙羞，遺臭一至如此！

……

湖南岳陽樓因歷代名家題詠而聞名於世。其中清代湖南進士何紹基撰寫的長聯，膾炙人口：

一樓何奇！杜少陵五言絕唱，范希文兩字關情，滕子京百廢俱興，呂純陽三過必醉，詩耶？儒耶？吏耶？仙耶？前不見古人，使我愴然涕下；

諸君試看：洞庭湖南極瀟湘，揚子江北通巫峽，巴陵山西來氣爽，嶽州城東道岩疆，瀦者，流者，峙者，鎮者，此中有真意，問誰領會得來？

此聯極為有名。上聯一開始就讚歎岳陽樓的奇偉，接著便歷數典型史跡予以論述。首先點出的是杜甫的五言絕唱——為世人稱道的《登岳陽樓》詩，讓人們從中去領略洞庭湖的浩瀚宏闊；其次點出使岳陽樓聲譽倍添的范仲淹的佳辭妙句；再次提及岳陽樓的修建及范仲淹文中對滕子京政績的評價；最後以呂洞賓的神話和陳子昂的詩句作結，從而把岳陽樓的奇偉美妙提到最高境界。作者把詩、儒、吏、仙幾個方面的史跡、典故，巧妙地融入自己的聯作之中，把岳陽樓的奇偉寫到了絕處。然而作者到此筆鋒頓轉，借用陳子昂的佳詩妙句，以抒發不見前代賢才而悲傷感慨之情。

下聯繼續寫岳陽樓之奇之美，不過不是借詩文典故，而主要是依據方位實寫。登樓遠眺，南可望瀟湘，北可及巫峽，西可至巴陵山，東可窮山岩的邊界。那宏闊的湖水，那滾滾奔騰的河流，那聳立的群峰，那雄鎮一方的主峰均映入眼簾。作者寫至此，切景著墨抒發了此中勝景真意，誰領會得來的設問。真是言雖盡而意無窮。

岳陽樓

……

雲南昆明大觀樓長聯，有一百八十字之多，乃是清代乾隆朝孫髯翁所題，實為長聯之絕唱。

五百里滇池，奔來眼底。披襟岸幘，喜茫茫空闊無邊！看東驤神駿，西翥靈儀，北走蜿蜒，南翔縞素。高人韻士，何妨選勝登臨。趁蟹嶼螺州，梳裹就風鬟霧鬢；更蘋天葦地，點綴些翠羽丹霞。莫辜負四周香稻，萬頃晴沙，九夏芙蓉，三春楊柳。

數千年往事，注到心頭。把酒淩虛，歎滾滾英雄誰在？想漢習樓船，唐標鐵柱，宋揮玉斧，元跨革囊。偉烈豐功，費盡移山心力。盡珠簾畫棟，卷不及暮雨朝雲；便斷碣殘碑，都付與蒼煙落照。只贏得幾杵疏鐘，半江漁火，兩行秋雁，一枕清霜。

此聯氣勢磅礡，情文並茂，為世人所稱道。上聯寫滇池風物，似一篇滇池遊記；下聯記華夏歷史，似一篇讀史隨筆。全聯如一篇有聲、有色、有情的駢文，妙語如珠，誦之朗朗上口。該聯想像豐富，感情充沛，一氣呵成，被譽為第一長聯。

……

安徽馬鞍山市郊的採石太白樓，又稱青蓮祠。因世人相傳李白晚年夜渡採石，自沉江水，後人為追念這位大詩人而建。清代文人黃琴士在此題了一副長聯：

侍金鑾，謫夜郎，他心中有何得失窮通，但隨遇而安，說什麼仙，說什麼狂，說什麼文章聲價。上下數千年，只有楚屈平、漢曼倩、晉陶淵明，能彷佛一人胸次；

踞危磯，俯長江，這眼前更覺天地空闊，試憑欄遠眺，不可無詩，不可無酒，不可無奇談快論。流連四五日，豈惟牛渚月、白紵雲、青山煙雨，都收來百尺樓頭。

此聯節奏明快，對仗工整。上聯評人物，下聯吟江山。聯語開門見山地點出了李白一生中浮沉波折的兩件大事「侍金鑾」和「謫夜郎」，而李白卻隨遇而安，「什麼仙、狂、文章聲價」都看得十分淡泊。作者對李白給予了高度的評價，「只有楚屈平、漢曼倩、晉陶淵明」的胸次能與之相比。於是觸景生情，詩酒都來，奇談怪論，氣魄之大，豪情之邁，語言之流暢，實為聯中罕見。

……

杭州萬松嶺下財神殿有這樣一副對聯：

我若真靈，也不致腳手漸漸殘、皮肉點點落。

汝當頓悟，須知道勤儉般般有、懶惰件件無。

與之相對應的，則是四川峨眉山靈官廟司命殿聯：

你求名利，他卜吉凶，可憐我全無心肝，怎出得什麼主意？
殿遏煙雲，堂列鐘鼎，堪笑人供以泥木，空費了多少錢財！

讀此兩聯，不禁令人動容，非具大智大慧、看透世情者，不能說出此等言語也。

……

清朝的許棫在嘉定花神廟上題的楹聯，一直被視為名聯：

海棠開後，燕子來時，良辰美景奈何天，芳草地，我醉欲眠，棟子風，爾且慢行；
碧瀣傾春，黃金買夜，寒食清明都過了，杜鵑道，不如歸去，流鶯說，少住為佳。

上聯「海棠開後，燕子來時」是暮春景色，用的是宋朝王詵《憶故人》中的句子；「良辰美景奈何天」是明朝湯顯祖《牡丹亭》名句，姹紫嫣紅的春天即將消逝，無可奈何，依依不捨。下聯「碧瀣傾春，黃金買夜」，用的宋代梁棟《念奴嬌．春夢》中的句子；「寒食清明都過了」用的是宋朝呂渭老《極相思》中的句子。春夢初醒，「不如歸去」，還是「少住為佳」，留下一個懸念。

此聯用詞曲語言，寫花神主題，曼語麗辭，令人心馳神往，實可當做一首清新秀美、溫軟傷懷的詞來讀。

1——傳說李姓始祖為老子李耳，老子出生在李樹下，所以姓李，子孫後代就襲用李姓。

第三章　詩詞　漢字韻律意境之雅

詩詞

中國古代詩詞中曾有過許多乍看是文字遊戲，細品又饒有風趣的短詩小詞，在老百姓特別是文化人中頗受歡迎。近似玩笑的形式中，寄託了深厚的機智幽默和豐富的文化底蘊。它不僅能產生雅趣，陶冶情操，而且也頗有教益。這些詩詞有的巧奪天工，歎為觀止，有的詼諧幽默，趣味盎然，常給人妙語連珠，拍案叫絕的快感。

所謂詩詞，是指主要以近體詩和律詞為代表的中國傳統詩歌。通常認為，詩更適合「言志」，詞更適合「抒情」。

近體詩，亦稱「今體詩」，是唐代形成的律詩和絕詩的通稱。唐代以前的詩歌一般稱古體詩，在形式上是比較自由的。在平仄換韻、字數多少、句式長短等方面，都沒有固定的限制。初唐以後，嚴格按照律詩的格律要求寫作，就叫近體詩，句數、字數和平仄、用韻都有嚴格規定。格律儘管對人的思想有較大的束縛，但因其句式的整齊和音律的和諧，而為歷代詩人所樂意遵守。

詞則是由詩發展而來的，也叫詩餘、長短句、曲子、曲子詞。隋唐時期，隨著音樂的廣泛流傳，根據唱詞和音樂節拍配合的需要，從而創造或改編出一些長短句參差的曲詞，這便是最早的詞了。詞起於隋唐而盛於宋，由於是為入樂而作，因此詞有詞牌，調有定格，句有定數，字有定聲，無一不適合歌唱的需要。

詩詞在中國傳統文化中佔據著舉足輕重的地位，這是因為，詩詞是最古老同時也是最基本的文學形式，凡學文者無不先得學會作詩。詩詞飽含著作者的思想感情與豐富的想像，語言凝練而形象性強，有鮮明的節奏，和諧的音韻，富於音樂美，同時語句一般又分行排列，注重結構形式的美，因而成為中國古典文化皇冠上的明珠。

一・回文篇

回文，也寫作「回紋」、「回環」，是漢語特有的一種使用詞序回環往復的修辭方式，文體上稱之為「回文體」。回文詩就是利用這種修辭方式作成的詩，通常可以倒讀，有的還可以反覆迴旋。有些作品用文字排列成各種圖案，縱橫交錯成文，近似文字遊戲。

十六國前秦婦女蘇蕙（亦名蘇若蘭），武功（今陝西人）人，是秦州刺史竇滔的妻子。蘇蕙知識廣博，儀容秀麗，謙默自守，不求顯耀，深得丈夫竇滔敬重。

竇滔有個寵姬名叫趙陽臺，蘇蕙十分嫉妒趙陽臺，每每相竇滔，總免不了一番嘲諷，竇滔常常為此遺憾，心中十分不快。一次，竇滔到襄陽做官，蘇蕙不肯與他同往，他就帶著趙陽臺去赴任，漸漸和蘇蕙斷了音信。蘇蕙十分悔恨，於是費盡心機，織成一塊八寸見方的五色錦緞，用文字織成回文詩，這便是有名的「璇璣圖」。

蘇蕙派人把織好的錦圖送到襄陽，竇滔讀後十分慚愧，深感對不起愛妻，於是幡然醒悟，當即打發趙陽臺返回關中，並用隆重的禮儀，把蘇蕙接到襄陽，自此以後，夫妻更加恩愛。

琴清流楚激弦商秦曲發聲悲摧藏音和詠思惟空堂心憂增慕懷慘傷仁
芳廊東步階西游王姿淑窈窕伯邵南周風興自後妃荒經離所懷歎嗟智
蘭休桃林陰翳桑懷歸思廣河女衛鄭楚樊厲節中闈淫遐曠路傷中情懷
凋翔飛燕巢雙鳩土迤逶路遐志詠歌長歎不能奮飛妄清幃房君無家德
茂流泉清水激揚眷頎其人碩興齊商雙發歌我衮衣想華飾容朗鏡明聖
熙長君思悲好仇舊蕤葳粲翠榮曜流華觀冶容為誰感英曜珠光紛葩虞
陽愁歎發容摧傷鄉悲情我感傷情征宮羽同聲相追所多思感誰為榮唐

春方殊離仁君榮身苦惟艱生患多般憂纏情將如何欽蒼穹誓終篤志貞
牆禽心濱均深身加懷憂是嬰藻文繁虎龍寧自感思岑形熒城榮明庭妙
面伯改漢物日我兼思何漫漫榮曜華雕旌孜孜傷情幽未猶傾苟難闈顯
殊在者之品潤乎愁苦艱是丁麗壯觀飾容側君在時岩在炎在不受亂華
意誠惑步育浸集悴我生何冤充顏曜繡衣夢想勞形峻慎盛戒義消作重
感故昵飄施愆殃少章時桑詩端無終始詩仁顏貞寒嵯深興後姬源人榮
故遺親飄生思愆精徽盛醫風比平始璿情賢喪物歲峨慮漸孽班禍讒章
新舊聞離天罪辜神恨昭盛興作蘇心璣明別改知識深微至嬖女因奸臣
霜廢遠微地積何遐微業孟鹿麗氏詩圖顯行華終凋淵察大趙婕所佞賢
水故離隔德怨因幽元傾宣鳴辭理興義怨士容始松重遠伐氏好恃凶惟
齊君殊喬貴其備曠悼思傷懷日往感年衰念是舊愆涯禍用飛辭恣害聖
潔子我木平根當遠歎水感悲思憂遠勞情誰為獨居經在昭燕輦極我配
志惟同誰均難苦離戚戚情哀慕歲殊歎時賤女懷歡網防青實漢驕忠英
清新衾陰匀尋辛鳳知我者誰世異浮寄傾鄙賤何如羅萌青生成盈貞皇
純貞志一專所當麟沙流頹逝異浮沉華英翳曜潛陽林西昭景薄榆桑倫

…

望微精感通明神龍馳若然倏逝惟時年殊白日西移光滋愚讒漫頑凶匹
誰雲浮寄身輕飛昭虧不盈無倏必盛有衰無日不陂流蒙謙退休孝慈離
思輝光飭桀殊文德離忠體一達心意志殊憤激何施電疑危遠家和雍飄
想群離散妾孤遺懷儀容仰俯榮華麗飾身將無誰為逝容節敦貞淑思浮
懷悲哀聲殊乖分聖貲何情憂感惟哀志節上通神祇推持所貞記自恭江
所春傷應翔雁歸皇辭成者作體下遺葑菲采者無差生從是敬孝為基湘
親剛柔有女為賤人房幽處己憫微身長路悲曠感生民梁山殊塞隔河津

「璇璣圖」，除正中央之「心」字為後人所加外，原詩共八百四十字，縱橫各二十九字，方陣縱、橫、斜、交互、正、反讀或退一字、疊一字讀均可成詩，詩有三、四、五、六、七言不等，目前統計約可組成七千九百五十八首詩。

蘇蕙的「璇璣圖」出世之後，轟動了那個時代，大家爭相傳抄，試以句讀，解析詩體，然而能懂的人寥若晨星。「璇璣圖」流傳到後世，又不知令多少文人雅士傷透了腦筋。唐代女傑武則天就「璇璣圖」著意推求，得詩二百餘首。宋代高僧起宗，將其分解為十圖，得詩三千七百五十二首。明代學者康萬民，苦研一生，撰下《「璇璣圖」讀法》一書，說明原圖的

琴清流楚激弦商秦由发声悲摧藏音和咏思惟空堂心忧增慕怀惨伤仁

芳廊东步阶西游王姿淑窕窈伯邵南周风兴自后妃荒经离所怀叹嗟智

兰休桃林阴翳桑怀归思广河女卫郑楚樊厉节中闱淫遐旷路伤中情怀

凋翔飞燕巢双鸠土迤逶路遐志咏歌长叹不能奋飞妄清帏房君无家德

茂流泉情水激扬眷颀其人硕兴齐商双发歌我衮衣想华饰容朗镜明圣

熙长君思悲好仇旧蕤葳桑翠荣曜流华观冶容为谁感英曜珠光纷葩虞

阳愁叹发容摧伤乡悲情我感伤情徵宫羽同声相追所多思感谁为荣唐

春方殊离仁君荣身苦惟艰生患多殷忧缠情将如何钦苍誓穹终笃志贞

墙禽心滨均深身加怀忧是婴藻文繁虎龙宁自感思岑形荧城荣明庭妙

面伯改汉物日我愁思何漫漫荣曜华雕颀孜孜伤情幽未犹倾苟难闱显

殊在者之品润乎兼苦艰是丁丽状观饰容侧君在时岩在炎在不受乱华

意诚感步育浸集悴我生何冤充颜曜绣衣梦想劳形峻慎盛戒义消作重

感故昵飘施愆殃少章时桑诗端无终始诗仁颜贞寒嵯深兴后姬源人荣

故遗亲飘生思愆精徽盛翳风比平始璇情贤丧物岁峨虑渐孽班祸谗章

新旧闻离天罪辜神恨昭感兴作苏心玑明别改知识深微至嬖女因奸臣

霜废远微地积何遐徽业孟鹿丽氏诗图显行华终凋渊察大赵婕所佞贤

冰故离隔德怨因幽元倾宣鸣辞理兴义怨士容始松重远伐氏好恃凶惟

齐君殊乔贵其备旷悼思伤怀日往感年衰念是旧愆涯祸用飞辞姿害圣

洁子我木平根尝远叹永感悲思忧远劳情谁为独居经在昭燕辇极我配

志惟同谁均难苦离戚戚情哀慕岁殊叹时贱女怀叹网防青实汉骄忠英

清新衾阴匀寻辛凤知我者谁世异浮奇倾鄙贱何如罗萌青生成盈贞皇

纯贞志一专所当麟沙流颓逝异浮沉华英翳曜潜阳林西昭景薄榆桑伦

望微精感通明神龙驰若然倏逝惟时年殊白日西移光滋愚谗漫顽凶匹

谁云浮寄身轻飞昭亏不盈无倏必盛有衰无日不陂流蒙谦退休孝慈离

思辉光饬粲殊文德离忠体一违心意志殊愤激何施电疑危远家和雍飘

想群离散妾孤遗怀仪容仰俯荣华丽饰身将与谁为逝容节敦贞淑思浮

怀悲哀声殊乖分圣赀何情忧感惟哀志节上通神祇推持所贞记自恭江

所春伤应翔雁归皇辞成者作体下遗葑菲采者无差生从是敬孝为基湘

亲刚柔有女为贱人房幽处己悯微身长路悲旷感生民梁山殊塞隔河津

璇璣圖

字跡分為五色，用以區別三、五、七言詩體，後來傳抄者都用墨書，無法分辨其體，給解讀造成困難。康萬民研究出了一套完整的閱讀方法，分為正讀、反讀、起頭讀、逐步退一字讀、倒數逐步退一字讀、橫讀、斜讀、四角讀、中間輻射讀、角讀、相向讀、相反讀等十二種讀法，可得五言、六言、七言詩四千二百零六首。每一首詩均悱惻幽怨，一往情深，真情流露，令人為之動顏。

璇璣圖

例如從最右側直行開始，隨文勢折返，可發現右上角週邊順時針讀為

仁智懷德聖虞唐，貞志篤終誓穹蒼。
欽所感想妄淫荒，心憂增慕懷慘傷。

而原詩若以逆時針方向讀則變為：

傷慘懷慕增憂心，荒淫妄想感所欽。
蒼穹誓終篤志真，唐虞聖德懷智仁。

這裡僅選擇幾首從「璇璣圖」中整理出來的詩，以展現蘇蕙對夫君的真情意：

蘇作興感昭恨神，辜罪天離間舊新。
霜冰齋潔志清純，望誰思想懷所親！
這是一位被「新人」取代的「舊婦」唱出的幽怨和不平，但對於遠方的夫君她依然懷著「霜冰」一般純潔的一片真情。
傷慘懷慕增憂心，堂空惟思詠和音。
藏摧悲聲發曲秦，商弦激楚流清琴。
這首詩正讀、反讀皆可，描述了滿懷悲思的人兒，獨自坐在空寂的堂上撫琴，琴聲時而嗚咽如泉，時而激越如風，傾訴著撫琴人翻卷漲落的心聲。
嗟歎懷所離徑，遐曠路傷中情；
家無君房幃清，華飾容朗鏡明。
葩紛光珠耀英，多思感誰為榮？
周風興自後妃，楚樊厲節中閑。
長歎不能奮飛，雙發歌我哀衣；
華觀冶容為誰？宮羽同聲相追。
悽愴的六言詩，訴說著女主人公在空寂的「房幃」中對鏡梳妝時的幾多哀歎，她縱然有著

「葩紛」、「耀英」的容顏，但韶光易逝，夫君難回，這如花的年華，又「治容為誰？」

寒歲識凋松，真物知終始；
顏衰改華容，仁賢別行士。

這首可回讀的五言詩，用歲寒後凋的松柏作比，吐露了她對夫君矢志不移的貞情。倒轉來讀，則表現得更加激揚蓬勃，感人至深。

讒佞奸凶，害我忠貞；
禍因所恃，滋極驕盈。

這裡又對那位奪她夫君的趙陽臺進行了痛斥，喻她為「讒佞」。蘇蕙之所以被丈夫拋在長安，全因了那位趙陽臺讒媚進言，恃寵邀情，怎不讓蘇蕙憤恨至極。

一幅深情玄妙的「璇璣圖」的意韻，絕不是一篇短文章能講得清楚的，若想領會其中奧妙，只有自己會心品味，方能漸至佳境。它實在是中國文字深奧、古奇、優美與藝術化的最佳詮釋。

……

蘇蕙「璇璣圖」問世之後，歷代不少有才之士紛紛模仿，以與蘇蕙平分秋色，但最終除了作出一些「回文詩」外，都不稱意。僅蘇軾創造的一種「反覆詩」，尚有一些「璇璣圖」的意韻。全文排列如下：

蕊
花遠
含
紅殘
襯香
吟
吐
冷
老
煙雲望斗叉尖
雨春
筍
流
藏隱
山
東
遠窪
水

「反覆詩」的字排成一菱形，外圈任取一字開始，左旋右旋，讀之皆可，能得五言絕句三十首；圈內十字交叉的十三個字，順讀、橫讀、逆讀，可得七言絕句四首；以中間的「老」

字為樞紐，左右上下旋讀，又可得詩若干首；若將所有二十九字任取一字隨意迴旋，取其押韻，還能得詩若干首。據說以這二十九字反覆變化，可讀出七八十首詩來，可以說是神奇巧妙，與「璇璣圖」異曲同工。然而，從氣勢上，變化的花樣和難度上，它仍難與「璇璣圖」相提並論。蘇蕙用一腔真情創制的「璇璣圖」真能稱得上千古之絕唱！

下面僅列出幾個示例：

外圈，順時針讀，有：

蕊遠含香吐，尖筍隱東窪。

水遠山藏雨，煙冷襯紅花。

逆時針讀，則有：

隱筍尖吐香，含遠蕊花紅。

襯冷煙雨藏，山遠水窪東。

順時針用轆轤回文法讀，又有：

紅花蕊遠含香吐，香吐尖筍隱東窪。

東窪水遠山藏雨，藏雨煙冷襯紅花。

內十字架讀，則有：

水流春老吟殘蕊，煙雲望老斗叉尖。
蕊殘吟老春流水，尖叉斗老望雲煙。
內十字架中用轆轤體讀：
煙雲望老吟殘蕊，蕊殘吟老斗叉尖。
尖叉斗老春流水，水流春老望雲煙。
內十字架內利用回文讀：
煙雲望老吟殘蕊，蕊殘吟老斗叉尖。
尖叉斗老吟殘蕊，蕊殘吟老望雲煙。
外圈與十字架相結合讀：
冷襯紅花蕊，殘吟老望雲。
煙雨藏山遠，水流春老吟。
……
宋代錢惟治寫過一首《春日登大悲閣詩》，也是一首回文反覆體。

碧天臨回閣，晴雪點山屏。

夕煙侵冷箔，明月斂閑亭。

全詩四句二十字。如果從第二字讀起，則成為：

天臨回閣晴，雪點山屏夕。

煙侵冷箔明，月斂閑亭碧。

第三字、第四字都可以如此讀下去，至第二十字，反覆成詩二十首。然後再從最後一句的倒數第二個字倒讀下去，又成詩二十首。這就是回文詩中的回文反覆體。這種詩實在難寫，巧是真巧，但詩味不多，只能算是一種高級的文字遊戲。

……

唐代樂妓薛濤，是唐代女詩人中的佼佼者。她才華橫溢，許多詩人都稱讚她的詩。相傳她寫過四時回文詩，順讀、倒讀，皆成佳作。

春

花朵幾枝柔傍砌，柳絲千縷細搖風。

霞明半嶺西斜日，月上孤村一樹松。

夏

涼回翠簟冰人心，齒沁清泉夏月寒。

香篆嫋風清縷縷，紙窗明月白團團。

秋

蘆雪覆汀秋水白，柳風凋樹晚山蒼。

孤幃客夢驚空館，獨雁征書寄遠鄉。

冬

天凍雨寒朝閉戶，雪飛風冷夜關城。

鮮紅炭火圍爐暖，淺碧茶甌注茗清。

比如，第一首《春》，就可以倒讀為：

松樹一村孤上月，日斜西嶺半明霞。

風搖細縷千絲柳，砌傍柔枝幾朵花。

後來，明朝秀才孟沂，做了一首和薛濤一樣的四時回文詩，全詩如下：

春

薛濤

…

芳樹吐花紅過雨，入簾飛絮白驚風。
黃添曉色青舒柳，粉落晴香雪覆松。

夏

瓜浮甕水涼消暑，藕疊盤冰翠嚼寒。
斜石近階穿筍密，小池舒葉出荷團。

秋

殘石絢紅霜葉出，薄煙寒樹晚林蒼。
鸞書寄恨羞封淚，蝶夢驚愁怕念鄉。

冬

風卷雪篷寒罷釣，月輝霜柝冷敲城。
濃香酒泛霞杯滿，淡影梅橫紙帳清。

這兩組詩色彩鮮明，文句清麗可讀，最出色的地方在於不僅僅是回文，還全詩對仗工整，每首詩的一、二句和三、四句分別為一副對聯。

清代才子朱杏孫有這樣一首七律回文詩：

孤樓倚夢寒燈隔，細雨梧窗逼冷風。

珠露撲釵蟲絡索，玉環圓鬢鳳玲瓏。

膚凝薄粉殘妝俏，影對疏欄小院空。

蕪綠引香濃冉冉，近黃昏月映簾紅。

此詩倒讀，仍是一首七律。若重新標點，則變成了調寄《虞美人》詞：

孤樓倚夢寒燈隔，細雨梧窗逼。冷風珠露撲釵蟲，絡索玉環，圓鬢鳳玲瓏。膚凝薄粉殘妝俏，影對疏欄小。院空蕪綠引香濃，冉冉近黃昏，月映簾紅。

此詞也可倒讀，倒讀後的詞仍是調寄《虞美人》，只不過是韻腳變了而已。

這首詩，無論是作詩讀，還是作詞讀，倒讀也好，順讀也好，句句妙語連珠，字字工整穩妥。而且從詩詞的對句、屬性、平仄、韻律看，都是標準的詩詞，找不出什麼毛病來。古人玩文字遊戲，玩到如此爐火純青，練達精妙的程度，實在少見！怎不叫人拍案叫絕！

明朝女詩人張芬亦寫過一首《寄懷素窗陸娣》：

明窗半掩小庭幽，夜靜燈殘未得留。

風冷結陰寒落葉，別離長望倚高樓。

遲遲月影移斜竹，疊疊詩餘賦旅愁。

欲將斷腸隨斷夢，雁飛連陣幾聲秋。

該詩倒讀過來，則成詞《虞美人》：

秋聲幾陣連飛雁，夢斷隨腸斷。將欲愁旅賦餘詩，疊疊竹斜移影月遲遲。樓高倚望長離別，葉落寒陰結。冷風留得未殘燈，靜夜幽庭小掩半窗明。

……

宋朝蘇軾和秦觀是好朋友，有一次蘇軾專程上門拜訪秦觀，家人告訴蘇軾秦觀出外遊玩，很可能上佛印和尚寺裡去了。於是蘇軾寫信去詢問他的情況。秦少游見蘇軾來信後，便寫了一封只有十四字的怪信，遣人帶回給蘇軾。信上的十四個字排成一圈：

賞花歸去馬如

暮　　飛

已時醒微力酒

蘇軾看後連聲叫好，原來秦觀寫的是一首回文詩，詩中描述了他在外出遊玩的生活和情趣。其內容為：

賞花歸去馬如飛，去馬如飛酒力微。

酒力微醒時已暮，醒時已暮賞花歸。

十四個字組成了一首七言絕句，每個字出現兩次，文字處理技巧高超。

……

清代女詩人吳絳雪的回文詩《四時山水詩》極妙，而「夏」更是公認的一枝獨秀。

春：鶯啼岸柳弄春晴夜月明

夏：香蓮碧水動風涼夏日長

秋：秋江楚雁宿沙洲淺水流

蘇東坡書法

…

冬：紅爐透炭炙寒風禦隆冬

這是四首回文聯珠體詩。每首十個字中，中間四個字前後複用，然後再倒讀，就得到四首七絕詩。比如《夏》：

香蓮碧水動風涼，水動風涼夏日長。
長日夏涼風動水，涼風動水碧蓮香。

一首詩要從十個字中回環出來，且不失季節特色，難怪被譽為回文詩中的珍品及吳絳雪的代表作。

……

號稱長短句的詞，一般是很難採用回文手段的，因為如果上下句字數不同，就根本無從談起。但偏偏《菩薩蠻》能夠滿足要求。蘇軾就寫過一首《菩薩蠻》回文詞：

柳庭風靜人眠晝，晝眠人靜風庭柳。香汗薄衫涼，涼衫薄汗香。手紅冰碗藕，藕碗冰紅手。郎笑藕絲長，長絲藕笑郎。

清朝的董以寧，則寫過一首《捲簾雁兒落》，順讀是上闋，倒讀是下闋：

難離別，晴萬千，眠孤枕，愁人伴。閒庭小院深。關河傳信遠，魚和雁天南。看明月，中腸斷。

斷腸中，月明看，南天雁，和魚遠。信傳河關深。院小庭閒伴，人愁枕孤眠。千萬晴，別離難。

董以寧另有一首《卜算子》：

明月淡飛瓊，陰雲薄中酒。收盡盈盈舞絮飄，點點輕鷗咒。

晴浦晚風寒，青山玉骨瘦。回看亭亭雪映窗，淡淡煙垂岫。

這首詞倒讀過來則成了一首《巫山一段雲》：

岫垂煙淡淡，窗映雪亭亭。看回瘦骨玉山青，寒風晚浦晴。

咒鷗輕點點，飄絮舞盈盈。盡收酒中薄雲陰，瓊飛淡月明。

……

宋朝時候，李禺寫過一首夫妻互憶的回文詩，順讀是夫思念妻的一首情詩，倒過來讀則是妻思念夫的情詩。

...

順讀：

枯眼望遙山隔水，往來曾見幾心知？
壺空怕酌一杯酒，筆下難成和韻詩。
途路阻人離別久，訊音無雁寄回遲。
孤燈夜守長寥寂，夫憶妻兮父憶兒。

倒讀：

兒憶父兮妻憶夫，寂寥長守夜燈孤。
遲回寄雁無音訊，久別離人阻路途。
詩韻和成難下筆，酒杯一酌怕空壺。
知心幾見曾往來，水隔山遙望眼枯。

不論順讀、倒讀，表達夫妻互相思念（也包括父、子互相思念）的離情別愁，都十分真切、感人。

二・打油篇

打油詩是舊體詩的一種，即俳諧體詩。它往往是作者對現實社會、現實生活假醜惡的感應，當然也有對真善美的讚美。這類詩內容和詞句不拘於平仄韻律，通俗易懂，詼諧幽默，風趣動人，有時則暗含譏諷，因而在民間廣為傳播，表現出活躍的生命力。

唐人張打油不過是一般的讀書人，有人說他是個農民，總之是個無名小卒。但他有一篇《詠雪》：

江上一籠統，井上黑窟窿。
黃狗身上白，白狗身上腫。

此詩一鳴驚人，開創了一個嶄新的打油詩體，名垂千古。此詩描寫雪景，由全貌而及特寫，由顏色而及神態。通篇寫雪，不著一「雪」字，而雪的形神躍然。遣詞用字，十分貼切、生動、傳神。用語俚俗，本色拙朴，風致別然，詼諧幽默，輕鬆悅人。

有一年冬天，有位大官祭奠祖先，剛進大殿，就見壁上有一首詩：

六出九天雪飄飄，恰似玉女下瓊瑤。

・・・

有朝一日天晴了，使掃帚的使掃帚，使鍬的使鍬。

大官發怒，定要清查捉拿寫詩的人，便把張打油捉來了。張打油見了官，不緊不慢地辯解說：「大人，我雖愛胡謅幾句，但本事再不濟，也不可能寫出這類歪詩。假若不信，小的情願一試。」

大官聽他口氣不小，就決定讓他試一試。當時安祿山兵犯南陽，便讓他以此為題作詩。只聽張打油一開口：「百萬賊兵困南陽。」大官一聽，不禁讚道：「起句果然不凡。」接著第二句：「也無援兵也無糧。」大官摸摸鬍子：「也還可以，繼續。」張打油一氣呵成：「有朝一日城破了，哭爹的哭爹，哭娘的哭娘！」這幾句手法，與「使掃帚的使掃帚，使鍬的使鍬」如出一轍。他剛念完，在場的人不禁哄堂大笑，就連大官也忍俊不禁笑了起來，終於饒恕了到處亂題詩的張打油。

……

歐陽修也曾寫過一首打油詩：

大雨嘩嘩飄濕牆，諸葛無計找張良。

關公跑了赤兔馬，劉備掄刀上戰場。

這是歐陽修一次到一新開酒家吃飯，店主問歐陽修菜的味道如何。歐陽修當即運用謎語和諧音的修辭手法題了這四句詩，含蓄巧妙地道出了菜品的味道：

大雨嘩嘩飄濕牆，（無簷——無鹽）
諸葛無計找張良。（無算——無蒜）
關公跑了赤兔馬，（無韁——無薑）
劉備掄刀上戰場。（無將——無醬）

這樣的妙趣詩，知識性和趣味性結合得很好，讀來令人愉悅。

……

明朝正德年間，有個叫李賴子的，好作十七字打油詩，能觸目成誦。當時天旱，太守求雨未應，他竟作詩嘲笑太守。詩云：

太守出禱雨，萬民皆喜悅。
昨夜推窗看，見月。

……

這詩傳到太守耳朵裡，太守甚為生氣，便下令傳訊他，說：「你善吟十七字詩，不妨再作一首。假如是佳作，便放了你。我的別號是西坡，就以此為題作詩吧。」

李賴子一生玩世不恭，並不多加思考，應聲吟道：

古人號東坡，今人號西坡。

若將兩人比，差多。

太守激怒，令人打了他十八大板。剛打完，他又吟詩一首：

作詩十七字，被責一十八。

若上萬言書，打殺。

太守更加怒不可遏，判他為誹謗罪，發配潯陽。臨走，舅舅來送別，兩人相持而哭。哭完，李賴子說：「臨別沒有什麼好送舅舅的，就吟一首詩相贈吧。」於是，口占一首詩云：

發遣在潯陽，見舅如見娘。

兩人齊下淚，三行。

兩人為何是三行淚呢？原來他舅舅是一隻眼也。

……

明代吳縣學士文嘉曾寫有《今日》詩，全文如下：

今日復今日，今日何其少！

今日又不為，此事何時了？

人生百年幾今日，今日不為真可惜！

若言姑待明朝至，明朝又有明朝事。

為君聊賦《今日》詩，努力請從今日始！

清代江蘇金台學者錢鶴灘在這基礎上改寫成《明日歌》，廣為傳誦，告誡人們切不可浪費光陰，虛度年華。《明日歌》全文如下：

明日復明日，明日何其多！

我生待明日，萬事成蹉跎。

世人若被明日累，春去秋來老將至。

朝看水東流，暮看日西墜。

百年明日能幾何？請君聽我《明日歌》。

全詩圍繞「明日」這個主題，發揮得淋漓盡致，促人深省。詩中使用口語，朗朗上口。

……

據《桐城縣誌》記載，清代康熙年間文華殿大學士兼禮部尚書張英的老家人與鄰居吳家在院牆問題上發生了爭執，家人飛書京城，讓張英打招呼「擺平」吳家。而張英回饋給老家人的是一首打油詩：

千里修書只為牆，讓他三尺又何妨。
萬里長城今猶在，不見當年秦始皇。

家人見書，主動在爭執線上退讓了三尺，下壘建牆，而鄰居吳氏也深受感動，退地三尺，建宅置院。於是兩家的院牆之間有一條寬六尺的巷子，六尺巷由此而來。

……

清代有個新嫁娘，眾賓客酒足飯飽之後，開始大鬧新房，歡聲笑語，熱浪陣陣，直至深夜，還逼新娘吟詩一首，表達新婚之夜的感受。這真是強人所難。新娘無奈，終於口占一首：

謝天謝地謝諸君，我本無才哪會吟？

曾記唐人詩一句，春宵一刻值千金。

可是這一吟，非同小可，立刻產生轟動效應。眾賓客譁然大笑，樂不可支，都說：「好，好！」有的說：「新娘急了，時間寶貴！」說著乘歡而散。此詩妙在末句，雖為引語，但此時此地，最恰當不過，個中奧妙，當可意會而不可言傳，當可神通而不可語達。

……

從前有個富家子弟，因從小嬌生慣養，不肯發奮讀書，大好時光日復一日地浪費過去了。眼看他由小少爺變成大少爺甚至快成老少爺了，還是那一副懶漢相。有一天，望子成龍心切的父親責問兒子為什麼不爭氣，少爺搖頭晃腦回答，竟吟出一首打油詩來：

春天不是讀書天，夏日炎炎正好眠。

等到秋去冬來到，讀書還是等明年。

……

…

民國軍閥張宗昌土匪出身，號稱「三不知將軍」：不知自己有多少槍，不知自己有多少錢，不知自己有多少姨太太。此公雖從未上過一天學，沒有什麼學識，卻也作過詩，甚至還出過詩集。抄錄幾首如下：

其一．笑劉邦

聽說項羽力拔山，嚇得劉邦就要竄。
不是俺家小張良，奶奶早已回沛縣。

（注：奶奶應讀作奶奶的，以罵娘的話入詩，真是狗肉將軍本色。）

其二．俺也寫個大風歌

大炮開兮轟他娘，威加海內兮回家鄉。
數英雄兮張宗昌，安得巨鯨兮吞扶桑。

（注：起句妙，足以流傳後世。末句開始拽文，估計是經過槍手修改，「吞扶桑」實際上是當時流行的空話，扶桑是日本舊稱，意

張宗昌

思是隨隨便便就可以把日本打倒。）

其三・天上閃電

忽見天上一火鏈，好像玉皇要抽煙。

如果玉皇不抽煙，為何又是一火鏈。

（注：只有煙鬼才有如此想像力。）

……

魯迅在一九二四年十月寫了一首擬古的打油詩，題目叫《我的失戀》。這首詩寫得很有風趣，刊登在《雨絲》上。全文如下：

我的所愛在山腰，想去尋她山太高，低頭無法淚沾袍。愛人贈我百蝶巾，回她什麼：貓頭鷹。從此翻臉不理我，不知何故兮使我心驚。

我的所愛在鬧市，想去尋她人擁擠，仰頭無法淚沾耳。愛人贈我雙燕圖，回她什麼：冰糖葫蘆。從此翻臉不理我，不知何故兮使我糊塗。

我的所愛在河濱，想去尋她河水深，歪頭無法淚沾襟。愛人贈我金表索，回她什麼：

…

發汗藥。從此翻臉不理我，不知何故兮使我神經衰弱。

我的所愛在豪家，想去尋她兮沒有汽車，搖頭無法淚如麻。愛人贈我玫瑰花，回她什麼：赤練蛇。從此翻臉不理我，不知何故兮——由她去罷。

這首詩形式上是模仿張衡的《四愁詩》，但它又是打油詩，不拘平仄，詼諧幽默。它是諷刺當時盛行「阿呀阿唷，我要死了」的失戀詩，故採用了玩笑的筆調。詩中點出了本來就不能相愛，何必「阿呀阿唷，我要死了」。詩最後是「由她去罷」，作者在嬉笑之中對熱衷寫失戀詩的人，表示了一種輕蔑和嘲弄。

三・雜體篇

通指古典詩歌正式體類以外的各種各樣的詩體。這些詩多把字形、句法、聲律和押韻加以特殊變化，成為獨出心裁的奇異之作，一般帶有文字遊戲性質。雜體詩雖表現出一定的巧思和駕馭文字的能力，但「終非詩體之正」，一般不能列為正規的文學作品。

據《今古奇觀》記載，蘇軾的好友佛印和尚曾給蘇軾寫來一封信，讓蘇軾為之摸不著頭腦。

信的內容如下：

野野鳥鳥啼啼時時有有思思春春氣氣桃桃花花發發滿滿枝枝
鶯鶯雀雀相相呼呼喚喚岩岩畔畔花花紅紅似似錦錦屏屏堪堪
看看山山秀秀麗麗山山前前煙煙霧霧起起清清浮浮浪浪促促
潺潺水水景景幽幽深深處處好好追追游遊傍傍水水花花
似似雪雪梨梨花花光光皎皎潔潔玲玲瓏瓏似似墜墜銀銀花花
折折最最好好柔柔茸茸溪溪畔畔草草青青雙雙蝴蝴蝶蝶飛飛
來來到到落落花花林林裡裡鳥鳥啼啼叫叫不不休休為為憶憶
春春光光好好楊楊柳柳枝枝頭頭春春色色秀秀時時常常共共
飲飲春春濃濃酒酒似似醉醉閑閑行行春春色色裡裡相相逢逢
競競憶憶游游山山水水心心息息悠悠歸歸去去來來休休役役

後來經蘇小妹的天才解釋，把上面這封信內容中的疊字重新打散組合，就變成了一首長詩：

野鳥啼，野鳥啼時時有思。有思春氣桃花發，春氣桃花發滿枝。滿枝鶯雀相呼喚，鶯雀相呼喚岩畔。岩畔花紅似錦屏，花紅似錦屏堪看。堪看山，山秀麗，秀麗山前煙霧起。

．．．

山前煙霧起清浮，清浮浪促潺潺水。浪促潺潺水景幽，景幽深處好，深處好追遊。追游傍水花，傍水花似雪，似雪梨花光皎潔。梨花光皎潔玲瓏，玲瓏似墜銀花折。似墜銀花折最好，最好柔茸溪畔草。柔茸溪畔草青青，雙雙蝴蝶飛來到。蝴蝶飛來到落花，落花林裡鳥啼叫。林裡鳥啼叫不休，不休為憶春光好。為憶春光好楊柳，楊柳枝頭春色秀。春色秀時常共飲，時常共飲春濃酒。春濃酒似醉，似醉閑行春色裡。閑行春色裡相逢，相逢競憶遊山水。競憶遊山水心息，心息悠悠歸去來，歸去來休休役役。

……

唐代著名高僧皎然寫有一首飛雁體詩：

春輕
春衣甕色
春繡山草莫次
春日鳥間遙無須蕩
春台煙隔亂得飄傾
春別樹花正名
春有風聲
春情

此詩讀法是左右開弓斜著讀，呈人字形，猶如雁陣，所以叫飛雁體。應念為：

春日繡衣輕，春台別有情。
春煙間草色，春鳥隔花聲。
春樹亂無次，春山遙得名。
春風正飄蕩，春甕莫須傾。

……

福唐體，即獨木橋體，又叫獨韻詩，一字韻詩。每句韻腳用同一個字。實際就是複字詩的複字在末尾的，因此也可叫同尾詩。宋黃庭堅就寫過一首福唐體詩：

阮郎歸

烹茶留客駐金鞍。月斜窗外山。
別郎容易見郎難。有人思遠山。
歸去後，憶前歡。畫屏金博山。

…

一杯春露莫留殘。與郎扶玉山。

這首詩通篇押韻，屬於排韻，逢雙句則用「山」字，形成特殊的福唐體詩。

……

拆字詩則起源於南宋初年的學者劉一止，他在《苕溪集》中記載有：「山中作拆字語寄江子我郎中，比曾以拆字語為戲，然卒未有以為詩者，請自今始。」詩曰：

日月明朝昏，山風嵐自起。
石皮破乃堅，古木枯不死。
可人何當來，意若重千里。
永言詠黃鵠，志士心未已。

詩中各句分別有：「明」、「嵐」、「破」、「枯」、「何」、「重」、「詠」、「志」的拆字結構，每句文意自然，緊扣題意，全詩意思完整，無生硬拼湊之感，可謂拆字詩中的上品。

明朝末年，戰亂蜂起，駐防四川江油梨雅鎮的一位姓蕭的將領整飭軍務準備應敵之時，不免十分牽掛遠在富順的妻子和兒女。就在這時，兒子來到了梨雅鎮，帶來了母親劉氏寫的十首拆字詩。這首拆字詩是把一個字拆解成三個字，分別以這三個字開頭寫成前三句詩，再把這三個字合成本字作為開頭寫出最後一句詩。劉氏是離合「驛梅驚別意，堤柳暗離愁」十個字成詩的。原詩如下：

驛

馬革何人試裹屍？四維不振笑男兒。
幸聞碩果存幽閣，驛使無言寄雅梨。

梅

木偶同朝只素餐，人情說到死真難。
母牽幼女齊含笑，梅骨留香莫畏寒。

驚

苟活何如決意休？文姬胡拍總刊羞。

馬嘶芳草香魂斷，驚醒人間妾婦流。

別

口中節義系誰無？力挽江河實浪虛。
刀鉅不移巾幗志，別無芥蒂是吾徒。

意

立也傷悲坐也傷，日斜光景對殘陽。
心憐夫嗣兒還父，意慘君愁女伴娘。

堤

土兵劫去又官兵，日望征人不復生。
疋練有緣紅粉盡，堤邊一勺是匡城。

柳

木嫁原知冠蓋凋，夕陽古道冷蕭蕭。
卩邊似聽征魂泣，柳絮因風未許招。

暗

日前送別唱陽關，立石望夫還未還。

音信頻從隴外寄，暗傳汝婦已投繯。

離

凶莫凶兮國破亡，內庭無救各奔忙。佳人命薄成何用？離卻塵氛骨也香。

愁

禾黍流離最可憐，火焚無與救眉燃。心雖甘作黃泉客，愁向山頭望杜鵑。

蕭某讀後，始知妻子慮丈夫在戰亂中難以倖免，故留下這十首離合體詩後，已與女兒投繯自盡。蕭某妻劉氏於國破家亡之際從容就義，抒寫此絕妙好詞，實在堪稱曠代逸才，惜乎隱沒民間而鮮為人知。

……

據說，宋神宗熙寧年間，有一名遼國使者來到大宋，由蘇東坡負責接待。這位遼國使者認

神智體詩

為自己擅長作詩，就想和蘇東坡比個高低。蘇東坡一聽當時就笑了，說道：「作詩其實是很容易的事情，讀詩才是極難的事情。」遼國使者大為不服，蘇東坡於是就寫了《晚眺》一詩，只寫十二字，有長寫，有短寫，有橫寫，有側寫，有反寫，有倒寫。遼使看後，竟然讀不出來，惶惑莫知所雲，聲言「自是不復言詩」。

這是一首神智體詩。它利用字形大小，筆畫多少，位置正反，排列疏密等方法進行寫作，即「以意寫圖，使人自悟」。這種寫法帶有文字遊戲性質，而且極為詭怪，但設想十分新奇，往往能顯示出作者的智慧和才能。

第一句中「亭」字寫得很長，「景」字又寫得極短，「畫」字寫成了圖中的怪樣子，表示內中無人。這句念成「長亭短景無人畫」。

下面第二句「老」字寫得特別大，「拖」字橫寫，「筇」的竹頭寫得極瘦，這句念作「老大橫拖瘦竹筇」。

第三句首字反著寫，繁體的「雲」字中間寫斷了，「暮」中間之日字傾斜了，這句念作「回首斷雲斜日暮」。

第四句，江字中的「工」字曲寫，「蘸」字倒寫，峰字邊的「山」字側寫，這句便念作「曲江倒蘸側山峰」。

整體合念便成這首《晚眺》：

長亭短景無人畫，老大橫拖瘦竹笻。

回首斷雲斜日暮，曲江倒蘸側山峰。

這首詩實際是一首寫景詩。寫的是一個老人，身披殘陽夕照，橫握笻竹手杖，放眼遠眺，盡情觀賞黃昏後美妙多變的山水景物，悠然自得，悅目賞心。這首詩不僅描繪了祖國壯麗俊秀的美好河山，而且字裡行間滲透著深情至愛。寫得情景交融，人物栩栩如生，呼之欲出。這首詩表現方法精巧奇特，令人讀後終生難忘。

……

同旁詩就是利用漢字的特點，用相同偏旁部首的字構成一首詩或一句詩。書法家黃庭堅曾寫過一首題為《戲題》的著名同旁詩：

逍遙近道邊，憩息慰憊懣。

晴暉時晦明，謔語諧讜論。

草菜荒蒙蘢，室屋壅塵坌。

…

僮僕侍逼側，涇渭清濁混。

內容是寫士大夫「一肚皮不合時宜」的孤傲清貧。首句寫行路，字皆從走之（辶部）；次句寫情緒，皆從心；三句寫天氣，故從日；四句寫言談，字皆從言；五句寫荒草，字從草頭；六句寫蝸居，字皆土底；七句寫身近僕僮，字皆從立人；末句寫賢愚混雜如泥沙，故字皆從水。這首詩描寫了詩人憩息散步漫步郊野所見的景色，由於每句詩各字偏旁相同，給人以整齊劃一的感覺。

……

藏頭詩，又名「藏頭格」，是將所說之事分藏於詩句之首，每句的第一個字連起來讀，可以傳達作者的某種特有的思想。所以，藏頭詩從誕生之日起，便打上了遊戲和實用雙重印跡。由於藏頭詩「俗文化」的特性，註定其難登大雅之堂，不為正史和正集收錄，從古至今，藏頭詩多在民間流傳，或散見於古典戲曲、小說。如《水滸傳》中「智多星」利用盧俊義正為躲避「血光之災」的惶恐心理，口占四句卦歌：

蘆花叢中一扁舟，俊傑俄從此地遊。

義士若能知此理，反躬難逃可無憂。

暗藏「盧俊義反」四字，廣為傳播。結果，成了官府治罪的證據，終於把盧俊義「逼」上了梁山。

文人士大夫中也不乏藏頭詩高手。比如明朝大學問家徐渭（字文長）遊西湖，面對平湖秋月勝景，即席寫下了七絕一首：

平湖一色萬頃秋，湖光渺渺水長流。

秋月圓圓世間少，月好四時最宜秋。

其中就藏頭「平湖秋月」四字。

⋯⋯

「剝皮詩」通常以前人較有名氣的詩做基礎，運用顛倒、刪除、增添或者改動字數等手法，使原意更好或與原意相反，借古諷今，讀來妙趣橫生，詩意盎然。

唐定宣宗年間有個叫魏扶的人考中了進士，後來當了主考官，剛上任時，他躊躇滿志，曾在試院的牆上題詩一首，表明自己要當個正派考官。詩曰：

梧桐葉落滿庭陰，繅閉朱門試院深。

曾是昔日辛苦地，不將今日負前心。

可他的實際行為並沒有像詩中說的那樣，而是誰行賄他就優先錄取誰。於是有士子將其詩的每句前面兩個字刪去，就成了意思相反的一首詩：

葉落滿庭陰，朱門試院深。

昔日辛苦地，今日負前心。

汪精衛在刺殺攝政王載灃而被捕時曾口占一首五言絕句：

慷慨歌燕市，從容作楚囚。

引刀成一快，不負少年頭。

後來汪精衛叛變了，於是有個叫陳劍魂的人在報紙上發表一首《改汪精衛詩》的詩：

當時慷慨歌燕市，曾羨從容作楚囚。

恨未引刀成一快，終慚不負少年頭。

這首剝皮詩剝去了汪精衛的畫皮，使之醜態畢露。

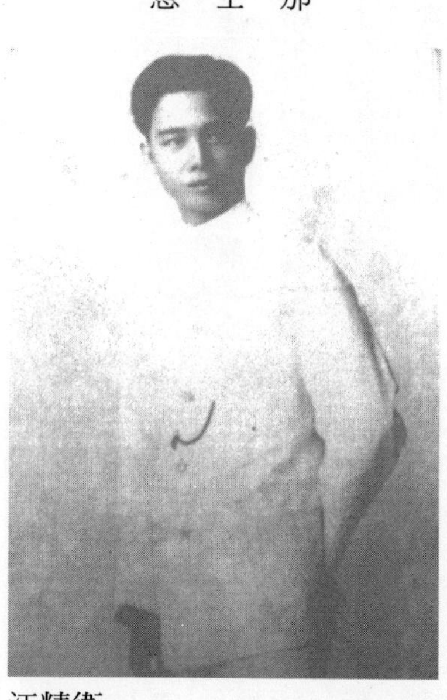

汪精衛

……

寶塔詩從一言起句，依次增加字數，從一字到七字，逐句成韻，疊成兩句為一韻。直至從一至七字，對仗工整，讀起來朗朗上口，聲韻和諧，節奏明快。像這樣字數逐句增多，如果把全詩橫寫，外形就像古代的寶塔一樣，底寬上尖，中間逐層收縮像等腰三角形。唐代詩人元稹就寫過一首寶塔體送別詩：

茶

香葉，嫩茶。

慕詩客，愛僧家。

碾雕白玉，羅織紅紗。

銚煎黃蕊色，碗轉麴塵花。

夜後邀陪明月，晨前命對朝霞。

洗淨古今人不倦，將知醉後豈堪誇。

…

……

明代嘉靖年間，昆山人鄔景合開創出「八山疊翠詩」這一體式。所謂「八山疊翠」，是指詩中有八個「山」字堆疊起來，句式參差，猶如一座山峰，豎立八行，行行有山，高低四層，層層亦有山，亦諧亦莊，甚是有趣。且看他的《游蘇州半山寺》：

山山
遠隔
山光半山
映百心塘
山峰千樂歸山
里四三忘已世
山近蘇城樓閣擁山
堂廟舊題村苑閬疑
竹禪榻留莊作畫室
竹新醉侑歌漁浪滄

此詩形狀如山，讀時從上到下，從左到右，從第一、第二行連讀，然後從第三行開始，每行拿出一半，向右盤旋而下，讀至末行再向左，再盤旋而上，即成一首完整的七言律詩，而且中間兩聯對仗工整。

山山遠隔半山塘，心樂歸山世已忘。

樓閣擁山疑閬苑，村莊作畫實滄浪。
漁歌侑醉新絲竹，禪榻留題舊廟堂。
山近蘇城三四里，山峰千百映山光。

……

囉唆詩，又叫重複詩，是雜體詩的一種。它是故意堆疊同義詞，有意重複。固然，詩歌要求語言凝練，但重複囉唆以至成詩，也自有其趣。

一個孤僧獨自歸，關門閉戶掩柴扉。
半夜三更子時分，杜鵑謝豹啼子歸。

這首詩語言囉唆之極，其實僅僅只表達了「孤僧掩扉，夜啼子歸」八個字的意思。

……

疊字，是指兩個相同的字重疊成一個詞，也成「重言詞」。如李清照《聲聲慢》中「尋尋覓覓，冷冷清清，淒淒慘慘戚戚」，連用十四個疊字。疊字詩詞是由詩詞疊詞發展而來的一種雜體詩。如清朝女詩人賀雙卿寫過一首《鳳凰臺上憶吹簫》疊字詞：

寸寸微雲，絲絲殘照，有無明滅難消。正斷魂魂斷，閃閃搖搖。望望山山水水，人去去，隱隱迢迢。從今後，酸酸楚楚，只似今宵。

青遙，問天不應，看小小雙卿，嫋嫋無聊。更見誰誰見，誰痛花嬌。誰望歡歡喜喜，偷素粉，寫寫描描。誰還管，生生世世，夜夜朝朝。

元朝的喬吉則寫過一首純體疊字詞《天淨沙》：

鶯鶯燕燕春春，花花柳柳真真。事事風風韻韻，嬌嬌嫩嫩，停停當當人人。

明朝大才子唐伯虎寫的一首《香柳娘》更是別具一格，饒有風味：

隔簾櫳鳥聲，隔簾櫳鳥聲，把人驚覺。夢回蝴蝶巫山廟。我心中恨著，我心中恨著，雲散楚峰高，鳳去秦樓悄。怕今宵琴瑟，怕今宵琴瑟。你在在何方弄調，撇得我紗窗月曉。

……

清人徐子雲的《演算法大成》中有首數學詩《算來寺內幾多僧》，使數學知識變抽象為形象，極具趣味性。

巍巍古寺在山林，不知寺內幾多僧。
三百六十四隻碗，看看周盡不差爭。
三人共食一碗飯，四人共吃一碗羹。
請問先生明算著，算來寺內幾多僧。

這首詩雖然談的是數學運算，但卻有文學色彩。首先，它的韻腳造成了上口易記的語勢；其次，已經把人帶入了有詩味的想像之中。山林、古廟，給人感覺深遠。有廟必有僧，多少僧？詩中暗示可以算出。這樣，人們在學習數學中，同時受到了文學的薰染。（附：有六百二十四名僧人[1]）

……

隱括，在文學上是指依某種體裁作品的原有內容、詩句進行改寫，寫成另外一種體裁的作品。如蘇軾的詞《洞仙歌．夏夜》：

⋯⋯

冰肌玉骨，自清涼無汗。水殿風來暗香滿。繡簾開，一點明月窺人，人未寢，攲枕釵橫鬢亂。起來攜素手，庭戶無聲，時見疏星渡河漢。試問夜如何？夜已三更，金波淡，玉繩低轉。但屈指西風幾時來？又只恐流年暗中偷換。

這首詞可隱括成《玉樓春》：

冰肌玉骨清無汗，水殿風來暗香滿。
繡簾一點月窺人，攲枕釵橫雲鬢亂。
三更庭院悄無聲，時見疏星渡河漢。
屈指西風幾時來？只恐流年暗中換。

又如黃庭堅曾將歐陽修的《醉翁亭記》隱括成《瑞鶴仙》詞：

環滁皆山也。望蔚然深秀，琅琊山也。山行六七里，有翼然泉上，醉翁亭也。翁之樂也，得之心，寓之酒也。更野芳佳木，風高日出，景無窮也。

遊也。山肴野蔌，酒洌泉香。沸籌觥也。太守醉也。喧嘩眾賓歡也。況宴酣之樂，非絲非竹，太守樂其樂也。問當時，太守為誰，醉翁是也。

林正大則將范仲淹的《岳陽樓記》隱括成《水調歌頭》：

欲狀巴陵勝，千古岳之陽。洞庭在目，遠銜山色俯長江。浩浩橫無涯際，爽氣北通巫峽，南望極瀟湘。騷人與遷客，覽物共尤長。錦鱗游，汀蘭郁，水鷗翔。波瀾萬頃，碧色上下一天光。皓月浮金千里，把酒登樓對景，喜極自洋洋。憂樂有誰會？寵辱兩俱忘。

四・詩趣篇

詩詞之中，亦多有幽默風趣之語。這些包含了機智和風趣的文化小插曲，讀來常使人精神為之一快。正是由於它們的存在，才使得詩詞不僅僅只受到文人墨客的喜愛追捧，亦成為普通老百姓所喜聞樂見的文學形式。

唐憲宗元和年間，李師道為了擴充地方勢力，派人送金銀珠寶給水部員外郎張籍，以圖拉攏。張籍婉拒禮物，並回寄一首詩：

君知妾有夫，贈妾雙明珠。

感君纏綿意，繫在紅羅襦。

妾家高樓連苑起，良人執戟明光裡。
知君用心如日月，事夫誓擬同生死。
還君明珠雙淚垂，恨不相逢未嫁時。

詩人用已婚婦女拒絕其他男子追求的口氣，委婉含蓄地拒絕為李師道效勞，以開玩笑的方式既迴避了官場人事糾葛，又不得罪對方，頗為得體。

有趣的是張籍的學生朱慶餘也學老師的手法，寫了一首贈張籍的詩：

洞房昨夜停紅燭，待曉堂前拜舅姑。
妝罷低聲問夫婿，畫眉深淺入時無？

詩人朱慶餘曾帶詩作去拜見張籍，張籍選了二十六首放在袖中，隨時向人推薦。朱慶餘不知結果如何，便以「娥眉」自喻向老師詢問。如果不瞭解這段因緣，單從詩作表面上看，這不正是一首新嫁娘寫給自己丈夫的詩嗎？

更有意思的是張籍看到此詩之後，也將自己的這個得意門生比作「娥眉」，回了一首詩：

越女臨妝出鏡新，自知明豔更沉吟。
齊紈未足時人貴，一曲菱歌敵萬金。

在回詩中，張籍將朱慶餘比作一位採菱姑娘，相貌既美，歌喉又好，必然受到人們的讚賞，以此來暗示他不必擔心。

……

唐詩人杜牧有一首詩《清明》極為有名：

清明時節雨紛紛，路上行人欲斷魂。
借問酒家何處有，牧童遙指杏花村。

然有人認為，此詩太肥，要吃「瀉藥」，將詩改成：

清明時節雨，行人欲斷魂。
酒家何處有，遙指杏花村。

每句詩各刪去兩字，而詩歌意境不變，語言卻更為精練了。

此詩若改變標點，則成為一首小令：

清明時節雨，紛紛路上行人，欲斷魂。借問酒家何處，有牧童遙指，杏花村。

若將標點再做改動，又成了一出戲劇小品：

〔清明時節，雨紛紛〕

…

〔路上〕

行人：（欲斷魂）借問酒家何處有？

牧童：（遙指）杏花村！

……

唐朝的權德輿曾寫過一首極怪的《數名詩》，怪得有趣有味：

一區揚雄宅，恬然無所欲。二頃季子田，歲晏常自足。

三端固為累，事物反徽束。四體苟不勤，安得豐菽粟。

五侯誠暐曄，榮甚或為辱。六翮未騫翔，虞羅乃相觸。

七人稱作者，杳杳有遐躅。八桂挺奇姿，森森照初旭。

九歌傷澤畔，怨思徒刺促。十翼有格言，幽貞謝浮俗。

細細品味此詩，可讀出詩中有許多勸喻人們如何處世做人的格言，運用了歷史名人名言、事蹟，告誡人們要遠惡向善、正直做人。這首詩也極似一首歌謠，令人回憶起「你拍一，我拍一……」的兒歌來。

宋代詞人王齊叟，字彥齡，很有點詐辯之才。閒暇無事時，他寫了十多首《望江南》。這些詞的內容都是譏刺嘲笑他的同僚的，並且連太原府的主帥也被他嘲笑了。消息傳開，傳到了主帥那裡，主帥甚為惱火。一天，眾官員去參見主帥，拜見既畢，主帥當著王彥齡的面責備他說：「你好大膽！我聽說你寫了十多首《望江南》，把同僚都給諷刺挖苦了一通，甚至連我也嘲笑了，難道你是依仗你哥哥在朝中為官，認為我不敢懲治你嗎？」王彥齡見此，急中生智，急忙上前分辯道：「哪兒的話，卑臣不敢。居下位，只恐被人讒。昨日只吟《青玉案》，幾時曾做《望江南》？試問馬都監。」

主帥一聽，不禁被他逗樂了，當即哈哈大笑，那些同僚們也一個個笑著跑開了。為什麼呢？原來王彥齡在主帥面前隨口吟出的，還是一首《望江南》，大意是說：我官居下位，最怕別人的讒言，你恐怕聽信了這些讒言了吧。昨天我吟寫的是《青玉案》詞，我什麼時候又寫過《望江南》呢？不信，就問問馬都監。

這首詞，足以見出王彥齡思維的敏捷、頭腦的靈活及性格的詼諧。在逗人哈哈一笑之中，又將一樁十分嚴肅的事情化解了。生活中這種也可嚴肅對待，也可戲謔敷衍的事往往很多，在某種情況下，這種滑稽而詼諧的逗樂取笑也不失為一種驅散不愉快氣氛的有效之法。

……

宋朝紹聖年間，蘇東坡被貶在海南島儋縣。當地有一位賣環餅的老嫗，她的手藝好，環餅品質高。可是，因為店鋪僻，不為人知，生意一直不好。老嫗得知蘇東坡是著名文學家，就請他為店鋪作詩。蘇東坡憐憫她生貧苦，環餅手藝又委實不錯，就揮筆寫下一首七絕：

纖手搓來玉色勻，碧油煎出嫩黃深。
夜來春睡知輕重，壓扁佳人纏臂金。

寥寥二十八字，勾畫出環餅勻細、色鮮、酥脆的特點和形狀。

……

南宋著名女詞人朱淑貞嫁給了一位商人，夫妻兩人感情很好。結婚不久，丈夫外出經商，很久沒有回家。朱淑貞十分思念丈夫，就給丈夫寫了一封信。丈夫拆信一看，信上沒有一個字，全是畫的圓圈兒。丈夫左思右想，怎麼也猜不出是什麼意思。翻開背面，才發現上面寫著一首詞，正是對圈兒信的解釋：

相思欲寄無從寄，畫個圈兒替。話在圈兒外，心在圈兒裡，單圈是我，雙圈是你。你心中有我，我心中有你。月缺了會圓，月圓了會缺。我密密加圈，你密密知我意。還有那說不盡的相思情，一路圈兒到底……

不久，朱淑貞因病去世，丈夫為了紀念她，給她修了墓，立了碑，並在墓碑上刻了這首《圈兒詞》。

……

元代學者趙孟頫年輕時娶管道升為妻，夫妻感情甚篤。後來，趙孟頫官升學士，結交的都是些達官顯貴。趙孟頫羨慕他們的豪華放蕩的生活，也想娶妾作樂。但是，趙孟頫與管道升畢竟夫妻多年，一下子難於開口，於是便做了首詞，試探管道升：

我為學士，你做夫人；豈不聞王學士有柳葉桃根，蘇學士有朝雲暮雲？我使多娶幾個吳姬越女無過分。你年紀已過四旬，只管占住玉堂春！

…

管道升知書達理，善於作詞。她看到丈夫所寫的詞，心裡很難過。夫妻多年，朝夕相處，如今丈夫提出這樣的問題，怎麼辦？為了表達自己的感情，管道升也作詞相答，詞曰：

你儂我儂，特煞情多。情多處，熱如火！把一塊泥，捏一個你，塑一個我。然後將咱兩個，一齊來打破，用水重調和：再捏一個你，再捏一個我。我身上有你，你身上有我；我與你生同一個衾，死同一個槨！

趙孟頫看到妻子寫的《我儂詞》，感情上受到很大的震動。妻子真摯的感情打動了趙孟頫的心，使他打消了原先的念頭。

……

明朝怪才解縉在一幅送給征人起程的畫上寫了一首《影長亭四柳圖》：

東邊一棵楊柳樹，西邊一棵楊柳樹，
南邊一棵楊柳樹，北邊一棵楊柳樹，

1 2 3 4 5 6 7 8 9 10 11 12

圈兒詞

縱有柳絲千萬條，也縮不得征鞍住。

南山叫鷓鴣，北山叫杜宇，

一個叫行不得哥哥，一個叫不如歸去。

開頭四句簡直不是詩，比說話還囉唆，但是接下來的幾句使全詩意境陡為之變，意味深遠，情意綿長，耐人尋味。善於搞怪的解縉又小小幽了大家一默。

⋯⋯

明代的大才子唐寅唐伯虎，科考遭冤，此後便與官場無緣。二十多歲時他就對人生有了徹悟：「⋯⋯世上錢多賺不盡，朝裡官多做不了。官大錢多心轉憂，落得自家頭白早⋯⋯」由此他給自己以後的人生選擇了方向：「不煉金丹不坐禪，不為商賈不耕田。閑來寫就青山賣，不使人間造孽錢。」他決定做一個隱士。

三十六歲時唐寅搬進了那所著名的桃花塢，並寫下了那首著名的《桃花庵歌》：

桃花塢裡桃花庵，桃花庵下桃花仙。

桃花仙人種桃樹，又摘桃花換酒錢。

⋯

酒醒只在花前坐，酒醉還來花下眠。
半醉半醒日復日，花落花開年復年。
但願老死花酒間，不願鞠躬車馬前。
車塵馬足顯者事，酒盞花枝隱士緣。
若將顯者比隱士，一在平地一在天。
若將花酒比車馬，彼何碌碌我何閑。
他人笑我太瘋癲，我笑他人看不穿。
不見五陵豪傑墓，無花無酒鋤作田。

此詩為唐寅所有詩詞中最著名的一首，乃是自況、自譴兼以警世之作。他才華橫溢，卻年少失意，在無奈中採取了消極避世的生活方式。這首詩就是他這一思想的體現。狀若瘋癲的高傲，看破紅塵的輕狂，看似灑脫不羈，卻又隱隱透出種世人皆醉我獨醒的孤獨意味，其深埋心底的懷才無處遇、抱負不可舒的性情也可略見一斑。

這首詩的每一句幾乎都是對偶句，整首詩對仗極為工整，讀來朗朗上口，感染力及情感衝擊力極強。前三句還用了頂針手法，在詩歌開頭清晰描寫環境的同時，順其自然地帶出了後面的部分，手法語境上頗耐人玩味。詩中也未用豔麗辭藻，就像唐寅清高的為人。

唐寅是個風流才子，有關他的故事，流傳下來的不少。有一次，唐伯虎和好友張靈一起出去遊玩，看見幾個秀才坐在亭子裡，一邊喝酒一邊作詩。兩人都是好事之人，於是湊上去道：「諸位作詩，我們倆能不能也謅上幾句啊？」秀才們看他倆那份窮相兒，心裡直好笑，打算拿他們開開心，就答應了。

唐伯虎拿筆在紙上寫了個「一」字，張靈接著寫了個「上」；唐伯虎又寫了個「一」，張靈又寫了個「上」；連在一起是「一上一上」。秀才們看了哈哈大笑，這叫哪門子詩呀？唐伯虎沒理會，接著又寫了三個字：「又一上」。然後拉起張靈就走。

秀才們趕緊把他倆攔住了，讓他們接著把詩作完了。唐伯虎說：「我們得喝足了酒，才能作好詩。」秀才們想看看他倆還出什麼洋相，就給他們倒滿了酒。兩人一飲而盡。張靈再寫了個「一上」。秀才們笑

唐伯虎作品

得東倒西歪：「鬧了半天這兩位『才子』敢情就會寫『一上』啊！」唐伯虎不管他們的哄笑，自個兒又喝了一大杯酒，然後提筆颼颼颼，一氣續成了一首七言絕句：

一上一上又一上，一上上到高山上。
舉頭紅日向雲低，萬里江天都在望。

秀才們一看，吃了一驚，沒想到這個傢伙還真不簡單。再一回頭，只見唐伯虎和張靈搖頭晃腦，哈哈大笑地走了。

……

朱載育是明太祖朱元璋九世孫、鄭藩第六代世子，在音樂、數學、天文曆法、美術、舞蹈、哲學方面都有驚人的建樹。他最值得驕傲的當數他在音樂方面的傑出成就，被西方譽為「中國第五大發明」的十二平均律是其最大貢獻，曾被英國著名學者李約瑟博士稱為「東方文藝復興式的聖人」。

朱載育生性淡泊，父親死後，他雖有承襲爵位的機會，卻甘願放棄，不願參與皇族宗室間的爭權奪利，並為此寫下一首《山坡羊．十不足》：

近日奔忙只為饑，才得有食又思衣。置下綾羅身上穿，抬頭又嫌房屋低。蓋下高樓並大廈，床前缺少美貌妻。嬌妻美妾都娶下，又慮出門沒馬騎。將錢買下高頭馬，馬前馬後少跟隨。家人招下十數個，有錢沒勢遭人欺。一銓銓到知縣位，又說官小勢位低。一攀攀到閣老位，每日思想要登基。一日南面坐天下，又想神仙下象棋。洞賓與他把棋下，又問哪有上天梯？上天梯子未做下，閻王發牌鬼來催。不是此人大限到，上到天上還嫌低。

這首《山坡羊》將貪心不足者的醜態刻畫得淋漓盡致入木三分，從而成為膾炙人口的名篇。

……

從前有個文學家，女婿是刀筆小吏。丈人嫌女婿的文章沒有文采，女婿很不服氣，願讓丈人當面考試。

有一天，老丈人手指院內山茶樹請他吟一首詩，女婿沉思有頃，吟詠道：

據看庭前一樹茶，如何違限不開花？
信牌已仰東風去，火速明朝便發芽！

丈人聽後，覺得詩並非不通，也有些意思，只是衙門氣太重。丈人復以月為題，請再賦一…

首

詠月詩。女婿又吟道：

領甚關文離海角，奉何信票到天涯？
私渡關津猶可恕，不合黃夜入人家。

丈人聽了，不禁捧腹大笑。此詩寫月而不著一個月字，卻使人感到月色滿天涯，倒也別有滋味，可惜全是官家口吻。兩首詩中搬用很多公文術語入詩，如「違限」、「信牌」、「火速」、「公文」、「信票」、「私渡」、「不合」等，滿紙官腔，一派官吏氣。

……

有一位箍桶老人因受兒子折磨，時常挨餓受餓。當兒子生了孫子後，老人卻非常心疼孫兒，時抱懷中，視若珍寶。別人因此而常譏笑他。他感慨萬分，作了一首詩：

記得當年我養兒，我兒今又養孫兒。
我兒餓我憑他餓，莫遣孫兒餓我兒。

此詩道盡了父親對兒子的厚愛。清代文學家袁枚評它「用意深厚」，說得頗為懇切。

……

乾隆皇帝游江南時，有一次來到一座大墓前，那裡石碑如林，而且有石人、石馬。乾隆指著石人問身旁一個翰林：「它叫什麼名字？」原來，在古代神話裡，這種石頭人叫翁仲，而翰林卻顛倒了，說成「仲翁」。

回京後，乾隆下了一道降職令，把這個翰林降為通判。降職令是一首打油詩：

翁仲為何作仲翁，只因窗下少夫工。
從今不許為林翰，貶入朝房作判通。

在這裡，乾隆皇帝故意把「工夫」、「翰林」、「通判」顛倒著寫，以諷刺翰林將「翁仲」錯說成「仲翁」。

……

乾隆朝王翰林為母親做壽，請紀曉嵐即席做個祝壽詞助興。紀曉嵐也不推辭，當著滿堂賓客脫口而出：

……

這個婆娘不是人。

老夫人一聽臉色大變，王翰林十分尷尬。紀曉嵐不慌不忙念出了第二句：

九天仙女下凡塵。

頓時全場活躍、交口稱讚，老夫人也轉怒為喜。紀曉嵐接著高聲朗讀第三句：

生個兒子去做賊。

滿場賓客變成啞巴，歡悅變成難堪。紀曉嵐喊出第四句：

偷得仙桃獻母親。

大家立刻歡呼起來。

……

乾隆皇帝得到一幅《百鵝圖》，便召集翰苑近臣，為圖題詩。群臣都怕不稱皇帝的意思，不敢輕率動筆。唯獨紀曉嵐並無顧忌，揮毫疾書：

鵝鵝鵝鵝鵝鵝鵝。

一連七個「鵝」字，起句平平，沒有詩味。接著又是一句：

一鵝一鵝又一鵝。

群臣竊竊私語，臉露譏笑。紀曉嵐不屑一顧，揮筆繼續寫了下去：

食盡皇家千鐘祿，鳳凰何少爾何多？

此詩是諷刺大臣們像鵝一樣平庸無能。乾隆皇帝看了哈哈大笑。

……

傳說清朝乾隆皇帝游江南時，有一天在江邊賞景，見江面有一艘漁船乘風飛棹而來，興之所至，即命紀曉嵐用十個一字，寫了一首七言絕詩：

一篙一櫓一漁舟，一個艄公一釣鉤。

一拍一呼還一笑，一人獨佔一江秋。

細品此詩，十個一字用得多麼得體，在我們眼前展現了一幅絢麗多彩的秋江鼓棹圖。

還有一首無名氏的詩亦十分得體：

一去二三里，煙村四五家，

亭台六七座，八九十枝花。

…

一首五言絕句，才二十個字，數字從一寫到十，占了一半，卻絲毫不覺得枯燥。

……

宋湘才思敏捷，名噪京城。嘉慶皇帝想當面試試，便召見宋湘，說：「聞卿極有捷才，朕今考考你。朕說一句話，你可要把它念成七言詩，朕說完四句話，你那四句應聯成一首絕句，如何？」宋湘答道：「臣不才，請一試。」嘉慶說道：「皇后昨夜生了個孩子。」宋湘念道：「吾皇昨夜降真龍。」嘉慶笑道：「是位女的。」宋湘念道：「月裡嫦娥下九重。」嘉慶忽地拐個大彎道：「已經死了。」宋湘不慌不忙地念道：「想必人間留不住。」嘉慶又說：「水淹死的。」宋湘念道：「翻身跳入水晶宮。」

吾皇昨夜降真龍，月裡嫦娥下九重。
想必人間留不住，翻身跳入水

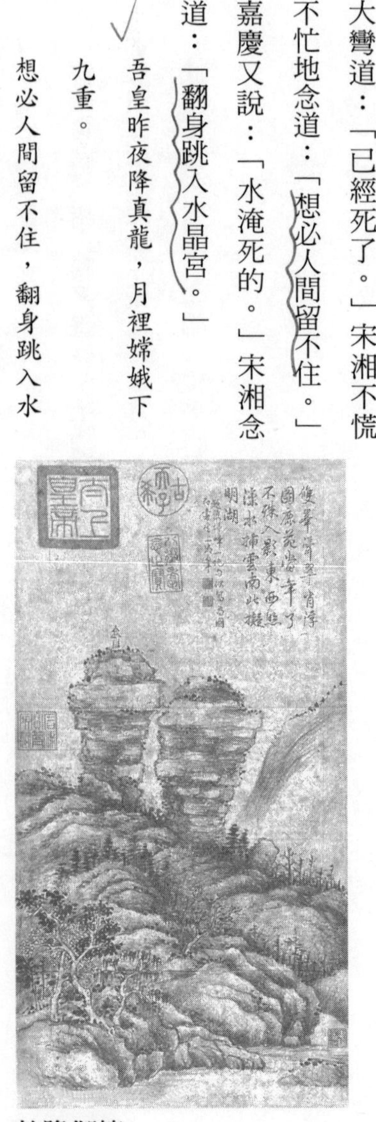

乾隆御筆

晶宮。

四句合起來果然是一首好詩，嘉慶皇帝大喜，拍掌贊道：「卿乃廣東第一才子也。」從此，宋湘便有「廣東第一才子」之稱。

……

鄭板橋任濰縣知縣時，有一天差役傳報，說是知府大人路過濰縣，鄭板橋卻沒有出城迎接。原來那知府是捐班出身，光買官的錢，就足夠抬一轎子，肚裡卻沒有一點真才實學，所以鄭板橋瞧不起他。

知府大人來到縣衙門後堂，對鄭板橋不出城迎接，心中十分不快。在酒宴上，知府越想越氣。恰巧這時差役端上一盤河蟹，知府想：「我何不讓他以蟹為題，即席賦詩，如若作不出來，我再當眾羞他一羞，也好出出我心中的悶氣！」於是用筷子一指河蟹說：「此物橫行江河，目中無人，久聞鄭大人才氣過人，何不以此物為題，吟詩一首，以助酒興？」鄭板橋已知其意，略一思忖，吟道：

八爪橫行四野驚，雙螯舞動威風淩。

…

孰知腹內空無物，蘸取薑醋伴酒吟。

此詩諷刺知府像螃蟹一樣，雖然看起來「威風淩」，其實「腹中空無物」，知府聽了十分尷尬。

……

鄭板橋「一肩明月，兩袖清風」，辭官回鄉時，只帶了一條黃狗、一盆蘭花。一個細雨濛濛的寒夜，一小偷摸進了鄭板橋的家門。鄭板橋驚醒了，他坐在床上輕輕吟了一首打油詩：

細雨濛濛夜沉沉，樑上君子進我門。
腹內詩書存千卷，床頭金銀無半文。

小偷聽後，便趕緊轉身，準備越牆而走。這時，鄭板橋又繼續念道：

出門休驚黃尾犬，越牆莫損蘭花盆。
天寒不及披衣送，趁著月亮趕豪門。

小偷細看，果然牆頭有一盆蘭花。於是細心地避開，飛也似的逃走了。

有一年冬天，鄭板橋外出賞雪，路過一個亭子，見幾個秀才正在飲酒吟詩。見到穿著寒酸的鄭板橋，便拉他一起喝酒，還要他評判誰的詩好。鄭板橋看了之後不置可否，秀才們就要鄭板橋作一首。鄭板橋笑了笑，看了看紛紛揚揚的大雪，隨口吟道：

一片兩片三四片，五六七八九十片。

秀才們聽罷哄笑起來，笑他只會數數。笑聲未絕，鄭板橋又隨口吟出兩句：

千片萬片無數片，飛入梅花皆不見。

秀才們聽後，啞口無言。鄭板橋飄然而去。

1——僧數：364÷(1/3＋1/4)＝624，飯碗：624 × 1/3＝208，湯碗：624×1/4＝156。

第四章　**謎語**　漢字精妙機智之巧

謎語

謎語故事是老百姓喜聞樂見的一種文字遊戲形式，它包羅萬象，上至宇宙星辰，下到線腳針頭，皆可融入其中；它詼諧風趣，既可譏諷嘲喻，亦可娛人娛己；它雅俗共賞，無論販夫走卒，還是高人雅士，都可從中找到屬於自己的樂趣。最重要的是，謎語機智精巧，對於開發智力、拓展思維，有著相當有益的作用。

謎語最初起源於民間口頭文學，是我們的祖先在長期生產勞動和生活實踐中創造出來的，是勞動人民聰明智慧的表現。後經文人的加工、創新有了「文義謎」。

遠古時代，人們在進行語言交流時，偶爾會由於某種特別的原因，不便直截了當表達思想，而要通過拐彎抹角、迂迴曲折的語言來暗示另一層內容，這就有了「謎語」的萌芽。到了春秋戰國時期，這種謎語已十分流行，並有了名稱，叫「廋辭」或「隱語」。

到了漢代出現了射覆活動，就是把東西放在器物下面讓人猜。現在，我們有時候還把猜謎語叫做射履，應該是源於此。謎語在魏晉南北朝時期有了重大發展。北朝劉勰《文心雕龍》中寫道：「謎也者，迴互其辭，使昏迷也。」這一定義一直沿用至今。

謎語在宋代得到了迅速發展，誕生了「燈謎」（文義謎）。中華謎語從此開創了民間謎語和燈謎兩條腿走路的新格局，距今大約八百年。明朝則出現了一些研究謎語的論著和收錄謎語的專集，其中有馮夢龍的《黃山謎》，黃周星的《廋詞四十箋》及賀從善的《千文虎》等。

到了清朝中期以後，中華謎語進入成熟期，文義謎更是大行其道。人們追求謎語扣合的嚴謹，逐漸摒棄冗長拖遝的面句，崇尚以大眾熟悉的成語或通俗語句為面，加上謎材由原先的文字、事物、人名擴展到諸子百家、四書五經，甚至俗語、中藥、地名、書名等，極大地擴寬了謎路，促進了謎語的創作和普及。

一・字謎篇

字謎，在中國有悠長歷史，流傳面廣，種類繁多，變化無窮。它在文人雅士中流行，也曾被政治鬥爭和圖讖術數所利用。人們通過字謎這種形式，對楷體漢字進行了種種不以文字學原則的拆分離合，在這種變幻莫測的形體離析過程中，不僅突顯了漢字本身所蘊涵的形體結構特點，也充分表現了人們對漢字形體結構的直觀認識。

《世說新語．捷悟》記載，楊修做主薄時，一次負責為曹操修建花園。在始構屋架時，曹操出來巡看，頗不中意。於是在花園門上大題一個「活」字，不發一言就離開了。楊修一見此字，立即叫人把花園的門拆去重修。他說：「『門』中加『活』字，就是『闊』字。魏王是嫌門太小了呀。」這件事傳開之後，曹操的制謎之巧，楊修的辨謎之捷，都被人們傳為美談。

……

《三國志．吳書．薛綜傳》記，蜀漢張奉出使吳國時，曾在孫權面前用字謎嘲笑尚書闞澤的姓名。闞澤不善此道，不能作答。張奉不免沾沾自喜，以為丟了吳國人的臉。這時吳國大臣薛綜出席對答，說：「我有一謎向先生請教。有犬為獨，無犬為蜀；橫木苟（句）身，蟲入其腹。」這首謎詩處處扣住「蜀」字，張奉感到國名受辱，於是勉強答道：「請再用這種方法比喻你們的吳國吧。」薛綜應聲答道：「無口為天，天口為國；君臨萬邦，天子之都。」於是列官員皆嘻笑，張奉自取其辱，尷尬異常。

‧‧‧‧‧‧‧

唐武則天在位時，徐敬業集合揚州軍隊準備謀反，中書令裴炎在朝廷內部策應。結果謀事不密，反致洩露。朝廷在審訊裴炎謀反案時，只發現他給徐敬業的一封信，上面僅寫「青鵝」兩字。滿朝文武皆迷惑不解，最後由武則天識破，說：「此乃隱語。青者，十二月；鵝者，我自與也。」原來，「青」字可以拆成「十二月」三字體；「鵝」字可以分離為「我白與」三字。裴炎是以此約定徐敬業十二月起義，他再從內部動手。自此，裴炎伏法，謀反事敗。

‧‧‧‧‧‧‧

《後漢書．五行志》記，漢末獻帝時，董卓擅權，顛亂朝綱，魚肉百姓，引起人民的強烈不滿，因而京城人民編制童謠：「千里草，何青青；十日卜，不得生。」童謠中的「千里草」，合為「董」字；「十日卜」合為「卓」字；「何青青」、「不得生」是說董卓雖然威勢赫赫，但總逃脫不了人民的懲罰。此歌巧妙地詛咒了這個專橫跋扈、喪盡天良的當權者。

‧‧‧‧

……

小說戲曲中使用的字謎，也常常成為整個故事情節的重要環節。唐朝李公佐寫的傳奇小說《謝小娥傳》，說謝小娥的父親與她的未婚夫外出被賊人所殺，謝小娥當夜就見其父托夢說：「殺我者，車中猴，門東草。」又夢見其未婚夫說：「殺我者，禾中走，一日夫。」此二語中隱含了兇手「申蘭」、「申春」二人的姓名。謝小娥破謎後，女扮男裝，明察暗訪，果然報了殺父殺夫之仇。這種以字謎為主要線索，扣住兇手，幫助破案的故事，構思甚為別緻奇特，開後世字謎進入小說故事的先河。

……

《世說新語．捷悟》記載東漢名士蔡邕看過曹娥碑後，讚歎不已，在上面寫了兩句話：「黃絹幼婦，外孫齏臼。」曹操看不懂，對楊修說：「你就算知道了也不能說，讓我慢慢想出來。」走了三十里，曹操終於知道是什麼意思了，於是問楊修。楊修回答說：「黃絹，是有顏色的絲，絲加色是『絕』字；幼婦，是少女的意思，也就是『妙』；外孫，是女兒的兒子，為『好』字；

齏臼，是舂米的工具，舂米時被『辛』這種工具砸，乃是『受辛』，是個『辭』字。所以這句話的意思就是：絕妙好辭！」曹操聽了之後，歎息說：「我才不如你，相差整整三十里啊。」

……

東漢光武年代有一本著名的歷史書《越絕書》。此書不撰著者姓名，只是在後序中以詩相代。詩曰：「以去為姓，得衣乃成。厥名有米，覆之以庚。禹來東征，死葬其鄉。不直自斥，托類自明。文屬詞定，自於邦賢。以口為姓，承之以天。楚相屈原，與之同名。」此書由於沒有寫明究竟為何人所撰，所以它的作者一直不為人所知。直到明代，大文學家楊慎仔細推敲鑽研了該書後序，才知道此書為東漢會稽人袁康、吳平所著。

原來詩中「以去為姓，得衣乃成」，暗示一個「袁」字；「厥名有米，覆之以庚」，暗射一個「康」字；「禹來東征，死葬其鄉」，是作者自述其為會稽人；「以口為姓，承之以天」，暗射一個「吳」字；「楚相屈原，與之同名」，暗喻一

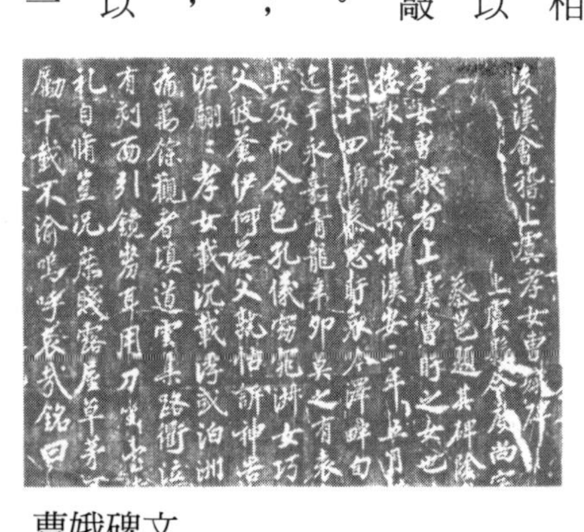

曹娥碑文

個「平」字（屈原名平）。此謎既解，《越絕書》也日益被人們重視，成為研究戰國時期吳、越兩國的一本重要歷史書籍。

……

南唐文字學家徐鉉之父徐延林在江蘇宜興當縣令時，曾在縣署掘得一塊「後漢太尉許馘廟」的石碑，碑文為東漢時評論曹操是「治世能臣，亂世之奸雄」的大名士許邵撰寫的。碑文詞藻華麗，極有氣勢，但是最後八個字「談馬礪畢，主田數七」，卻不知是何意。徐延林揣摩許久，才得知這八個字是一個字謎，暗射「許碑重立」。

原來許馘墓的碑刻由於風雨侵蝕，到了唐代，上面的銘刻都已侵蝕殆盡，模糊不清了。唐開元間，許氏的後裔在修墓時又在原碑上照舊刻重新鐫刻，並且添加了這八個字。「談馬」指「許」；「礪畢」指「碑」字；「主田」指「重」字；「數七」指「立」字[1]。如果不知「談馬礪畢，主田數七」是什麼意思，那就會把唐時重刻過的石碑誤以為是漢代的了。

……

宋朝的時候，江西有個名叫晏殊的才子，七歲的時候就能賦詩答對，素有「神童」之稱。在晏殊十四歲那年，有個朝廷大臣來到江南巡視，偶遇小晏殊，發現晏殊文思敏捷，才華橫溢，於是就推薦他進京趕考。

那年殿試，晏殊與來自全國各地的千餘名考生一同考試。雖然年齡是最小的，但是他卻從容不迫地答卷，揮筆成章。宋真宗看了他的答卷後，大加讚賞，於是召見了他，並出了個字謎讓他猜，考考他的智力：「古月照水水長流，水伴古月度春秋。留得水光映古月，碧波蕩漾見泛舟。」

晏殊聽後，思索了片刻回答道：「這個字謎的謎底汴梁城裡舉目可見！這個字就是『湖』。」

宋真宗聽後非常高興，當即提筆一揮，賜尚未到弱冠之年的晏殊為同進士。

……

宋代詩人王安石很喜歡出謎題讓人猜，有一次，他給朋友出了個字謎，謎面是：晝時圓，寫時方；冬時短，夏時長。朋友聽後並沒有直接答題，而是也出了個字謎，謎面是：東海有條

……

魚，無頭又無尾，除去脊樑骨，就是這個謎。

王安石一聽朋友出的謎面，就高興地笑了起來，說朋友回答對了。原來兩人說的都是同一個字：日。

……

東方朔素來聰明機智，為漢武帝所喜歡。一次，上林這個地方給漢武帝獻棗，漢武帝見東方朔在旁邊，就拿木杖擊了一下未央宮前殿的門檻，然後對著東方朔說：「叱叱，先生束束。」這是什麼意思呢？一般人聽了莫名其妙，但對諳熟漢武帝脾氣的東方朔來說，他很快就會意了。他隨即走上前去，說道：「陛下是說上林獻的棗兒一共四十九顆吧？」漢武帝大笑。

原來漢武帝的動作中，敲門檻上含「上」字，用木杖敲木檻，雙木為「林」；「叱叱」含「七、七」二字，七、七相乘得「四十九」；兩個「束」字合起來就是「棗」字。這幾個字連起來就是東方朔對漢武帝的回答。

……

令狐綯鎮守淮南時，曾遊覽大明寺，看到寺院西面牆壁上寫著如下字樣：「一人堂堂，二曜同光。泉深尺一[2]，點去冰旁。二人相連，不欠一邊。三梁四柱烈火燃，除去雙鉤兩日全。」跟隨的幕僚皆不解其意，令狐綯細思半晌，才明白是「大明寺水，天下無比」八字。

……

南朝梁武帝時期，有個寺院與周圍農家發生田地之爭，雙方互不相讓，只好到官府去打官司。由於寺院的社會地位特殊，有關部門怕承擔責任，最後竟將這個案子一直推到皇帝面前。梁武帝草草看後，順手在案卷上批了一個大大的「貞」字，交給有關部門辦理。然而，經辦部門卻被皇帝的這個判詞弄得百思不得其解，幾乎問遍了所有的人都得不到一個合理的解釋。就在無計可施之時，有人突然想到時任尚書左丞的劉顯。

在朝廷上下，誰都知道劉顯是滿肚子學問，而且腦子靈活。果然，劉顯不負眾望，他看了皇帝的朱批，不假思索地就道出了個中秘密：皇帝的意思是要把田地判給寺院。因為「貞」可拆為「與上人」三個字，而「上人」是對僧人的尊稱。經辦人員這才恍然大悟，趕忙按皇帝的批示精神結了此案。

……

……

一次，蘇東坡帶幾個侍女遊山玩水，行至山腳，天熱口渴。抬頭一看，半山腰是一座經常往來的寺院。他找了一塊青石板坐下，喚過侍女，讓她戴上草帽，穿上木屐，到寺院取件東西。侍女問取何物，東坡不語。侍女只好來到寺院，和尚認識她是東坡家的婢女，問她何事，侍女只說蘇東坡要她頭戴草帽，腳穿木屐來取件東西。和尚想了想，頭戴草帽，腳穿木屐，是個「茶」字，他立刻明白了，取出茶葉讓侍女帶回。

……

一年重陽，蘇東坡邀請才子秦觀同往秋香亭飲酒賞菊。酒至半酣，蘇學士問：「賢弟才貌並秀，何以遲遲不擇佳偶？」秦觀笑道：「弟非草木，豈能無情。吾心中久慕一位窈窕淑女，只是難以啟齒。」

秦觀

秦觀沉吟片刻，回答道：「待小弟打一字謎請仁兄一猜。」說罷，即賦一詞：「園中花，化為灰，夕陽一點已西墜。相思淚，心已醉，空聽馬蹄歸。秋日殘紅螢火飛。」[3]

蘇東坡一聽，哈哈大笑。原來秦觀說的是一個「蘇」字，意指蘇小妹。他於是穿針引線做紅娘，成全了這樁美事。

……

宋朝時候，有一位書生甚為好學，聽說蘇東坡是一位滿腹文采的人，想前去登門求教，但又苦於與蘇東坡素不相識，生怕被拒之門外，不肯會面。因此，書生先寫了一封書信給蘇東坡，問明情況，然後再作主張。不久，書生接到蘇東坡的回信，信上僅僅寫了一個「覓」字，別無它言。書生一想，「覓」字分開，乃是「個個見」，於是笑顏逐開，收拾行李起程去也。

……

王安石有位朋友，過去經濟很寬裕，後來卻比較拮据了。王安石知道後，特地寫了一首詩送他。其詩是：

弟兄四人兩個大，一人立地三人坐。
家中更有一兩口，任是凶年也好過。

王安石說：「全詩猜射一字。你若能按這個字去行事，生活自然會有所好轉。」朋友當即認真地猜想，終於恍然大悟：這是個「儉」字。

……

明朝有個姓劉的財主，有三個兒子、老大劉文，老二劉武，老三劉斌。劉財主望子成龍心切，聽說著名小說家施耐庵住在城裡，春節過後便讓三個兒子打點行裝，前往城裡拜師求學。施耐庵見了他們說：「想跟我學習不難，但我要考一考你們，誰聰明就收誰做弟子。」說罷，施耐庵發給三個孩子每人一張卷子，卷子上寫道：「一女牽牛過獨橋，夕陽落在方井上。」接到卷子，劉文賦詩，劉武作文，只有劉斌坐而不動。不多時，施耐庵來收考卷了，劉斌這才提筆在卷子中間寫上「姓名」二字，交了張「白卷」。結果，施耐庵反只收了劉斌當弟子。原來，這是一個字謎，謎底就是「姓名」二字。

·······

明代時候，有一位皇帝剛即位，他雖然想了一個年號，但又猶豫不決，便召近臣商議。其中一位臣子順口吟了一首詩：

士本人間大丈夫，口稱萬歲舊山河。
一橫永鎮江山地，二直平分天下圖。
加子加孫加爵祿，立天立地立皇都。
主人自有千秋福，月滿乾坤照五湖。

皇帝聽完此詩，高興萬分，就此決定啟用這個年號。原來，這首詩正好是一則謎語，全詩猜兩個字，這兩個字又正好是皇帝欲取的年號：嘉靖。

·······

一年元宵燈節，紀曉嵐陪同乾隆皇帝來到文華殿猜燈謎。皇帝興來，要紀曉嵐出一謎聯讓他和大臣們猜猜。紀曉嵐揮筆在大宮燈上寫了一聯：

····

黑不是，白不是，紅黃更不是，和狐狼貓狗彷彿，既非家畜，又非野獸。

詩不是，詞不是，論語也沒有，對東西南北模糊，雖為短品，也是妙文。

乾隆皇帝和文武大臣看後，想了半天，還是猜不出來。紀曉嵐哈哈大笑，又在宮燈上題了兩字：猜謎。大家這才恍然大悟。

……

王員外有一千金小姐，容貌蓋世，文才超群，最喜歡作謎猜謎。她的許婚條件之一，就是能解開她作的謎語。好多求婚者都因解不開謎語而吃了閉門羹。

一天，有位公子登門求婚。這位公子人品端莊，舉止文雅，只是不知文才如何。小姐便寫了一個謎語，讓丫環拿出來請公子猜。這謎語是一首小曲：

下朱樓奴只好焚香去卜卦，天明時還不見人兒歸家，想玉郎全無一點實心話，罷罷罷欲罷不能罷，吾只得把口啞，論交情原本不差，皂謠歌遭了許多不白話，分離時心中如刀剮，鳩鳥兒一去不回家，才落得人一口獨守燈花。

公子沉思半晌，寫下「一、二、三、四、五、六、七、八、九、什（十）」十個字，分別對應一句話，答出了這個謎語。

……

宋室南渡之後，秦檜專權，讒害忠良，百姓敢怒而不敢言。那年元宵，高宗趙構，為了粉飾太平，下令百姓獻燈。在形形色色的彩燈中，有一盞蟹燈特別吸引人，只見它大鉗怒張，八足齊伸，活靈活現。奇怪的是在八隻蟹腳的尖爪上各粘著一個字，連起來是：「春來秋往，壓日無光。」高宗站在燈前思索好一陣，也不知這八個字的含義。

這時，善於拆字的謝石已明白了，便在旁提示說：「皇上，蟹乃橫行之物，百姓以此獻燈，必有深意。」趙構沉吟半晌，便令太監把蟹燈送給秦檜。秦檜收燈看到八個字後，勃然大怒，因沒法找到獻燈的人，竟藉故把謝石殺掉了。

原來，「春無日」為「夫」，「秋無光（火）」為「禾」，加在一起正好是個『秦』字，暗示秦檜有似螃蟹般的橫行霸道。

……

南宋辛未年間，江陰舉人袁舜臣赴京參加會試，臨行前，他在馬鞍上寫了一首詩：

六經蘊藉胸中久，一劍十年磨在手。
杏花頭上一枝橫，恐泄天機莫露口。
一點累累大如斗，掩卻半妝何所有。
完名直待桂冠歸，本來面目君知否？

開始，人們以為是一首平常的詩，只是不解其意。後為蘇州舉人劉珹見到，一下就識破了「本來面目」。原來，這是一首詩謎，謎底是「辛未狀元」四字。好事者向他請教，劉解道：六加一、十為「辛」字；杏除去口加一橫為「未」字；「妝」掩去一半為「爿」，大字加一點為「犬」，合成「狀」字；「完」去掉寶蓋頭為「元」字。

……

魯班是著名的能工巧匠，他有許多門徒。有一天，他把門徒叫來說：「明天我要考考你們，你們一清早就上我家來吧。」第二天，徒弟們一早就到了魯班家，但只見師傅的家門關得死死的，門上寫著五個字：「今日可不見。」工匠們議論紛紛，正準備散去，其中一個年齡最小的徒弟忽然說道：「我們到河邊去看看，師傅可能在那裡。」大家懷疑地問他：「你怎麼知道師傅可能在河邊呢？」小徒弟說：「你們看，門上這五個字，『可』就是『河』字的邊；『不見』兩個字合在一起可看成是『覓』字。不是分明暗示我們今天到河邊去尋找嗎？」大家聽了認為有一定道理，於是一齊到了河邊，果然魯班正坐在那裡等著他們哩。

魯班見了眾徒弟，心裡很高興。接著，他手指著身旁的一堆梓木說：「你們用這梓，做三天，要做得精。這就是我考你們的題目。」說完，便離開了眾徒弟。

三天以後，徒弟們都各自拿著自己精雕的樣板，獻給師傅。只見每個作品各具特色：生動形象的飛禽走獸，鮮豔奪目的花卉草木，十分吸引人。但是，魯班看了沒有一個中意的。這時，他的一個最小的徒弟走了進來，手裡捧著一個鑲嵌得很精巧的小書架，書架的樣木正好構成一個「晶」字模樣。當他恭敬地送到師傅手裡時，魯班哈哈大笑，讚賞地點點頭，對其他的徒弟說：「這才是我要求你們做的。一個工匠，不僅要有精巧的手藝，還要有一個機靈的頭腦。你們都回去想一想，為什麼都做錯了？」

魯班離開後，大家立刻圍著小徒弟，訊問原因。小徒弟說：「師傅不是說用梓做三日，做得精嗎？『梓』是『字』的諧音，『精』是『晶』的諧音，三個日字不正是一個『晶』字嗎？」大家這才恍然大悟。

……

秦少遊是北宋著名的詩人。有一天，他驚聞老母逝世，悲痛欲絕，立即乘船還鄉。船行於江心，水急浪湧。一群海鷗繞船盤旋，聲聲哀鳴。秦少遊觸景生情，隨口吟道：「一條大船兩根桅，九隻海鷗繞船飛，六隻停在桅杆上，兩隻落在船頭尾，剩下一隻孤零零，落在甲板淌眼淚。」這幾句詩不僅描繪出秦少遊當時的心情，而且恰好是一個字謎。你能猜出謎底嗎？（謎底為悲字）

……

清朝末年，有個雲遊四方的道士。這道士知識淵博，能畫一手好畫，尤其酷愛猜謎。一天，他來到京城。心想，人們都說京都裡人才濟濟，我要親眼見識見識。於是，他精心畫了一幅畫。畫的是一隻黑毛獅子狗。那狗畫得栩栩如生，尤其那一身油黑發亮的皮毛，更是讓人讚不絕口。道士來到鬧市，把畫懸掛在路旁，頓時招來許多行人看客。有人出錢要買這幅畫。道士笑著說道：「我這畫不賣，出多少錢也不賣。這幅畫內藏有一字，要是有誰猜中，本人分文不要，白白將畫送給他。」

眾人一聽，天下竟有這等便宜事，不花一文錢，白得一幅好畫，於是爭相猜射起來。可是猜了半天，誰也沒有猜中。這時，只見一位老者，分開眾人，走上前去，將畫摘卜捲好，也不言語，夾起就走。眾人看了愕然，道士也上前問道：「老翁您還沒猜呢？怎麼就拿走我的畫？」老人仍不吭聲，還是往外走。眾人也七嘴八舌地嚷開了：「嘿，先別拿畫，你說出謎底是什麼？」老人如同聾了一般，還是不吭聲，只顧往前走。道人看到這裡，不禁哈哈大笑道：「猜中了！猜中了！」你說說這位老翁為什麼猜中了。原來，道士出的是一個畫謎。畫中的「黑狗」，隱寓著「黑犬」的意思。「黑」與「犬」一合成，就是「默」字。所以老人自始至終默不作聲，難怪道士說他猜中了。

……

明朝有個姓豐的翰林，喜歡開玩笑。有一次，一個寧波縣令派人向他要一張藥方，他隨即寫道：「大楓子去了仁（人），無花果多半邊，地骨皮用三粒，使（史）君子加一顆。」縣令看罷笑道：「他在嘲笑我們了。」原來這個藥方中隱藏著「一夥猾吏」四個字。

……

青州東門皮匠王芬，家境逐漸富裕後，放棄了舊業，鄰里們商量要贈他一個尊號。王芬聽說後很高興，擺了宴席，設了舞樂助興，讓大家給自己起個號。有個狡黠的年輕人說：「叫『蘭玻』行嗎？」眾人問有什麼含義，年輕人說：「他本名叫『芬』，而蘭花多芬芳之氣，所以叫蘭玻，與名字相符合。」

王芬聽了大喜，重重酬謝了這個年輕人。眾人也沒覺出有什麼別的含義。後來慢慢思索「蘭玻」二字，才悟到可以拆成「東門王皮」。

……

明朝崇禎年間，馮夢龍任福建壽寧知縣。馮夢龍為官清廉，關心民生饑苦。一次，馮夢龍化裝成平民百姓漫遊縣城，見街口圍著一圈人，走近一看，原來是一個自稱張半仙的算命先生正在算命，騙人錢財。馮夢龍說：「你自稱半仙，看來一定很靈。我有四句詩謎念給你聽，猜猜看這是什麼東西？」說罷，吟道：「上無半片泥瓦，下無立錐之地。腰間掛著葫蘆，滿口陰陽怪氣！」

張半仙一聽，支支吾吾，收起卦攤溜了。馮夢龍的詩謎說的是個什麼字呢？原來是個「卜」字。這樣，通過一個字謎，馮夢龍把算命先生奚落了一番。

……

一天，蘇東坡到妹夫家走親戚。妹夫秦少游舉辦酒席，宴會上舉杯祝酒，順口吟出一首絕句詩，也是一則字謎：「我有一物生得巧，半邊鱗甲半邊毛，半邊離水難活命，半邊入水命難保。」席間，蘇東坡一聽就附和，微笑著說：「我有一物分兩旁，一邊好吃一邊香，一邊上山吃青草，一邊入海把身藏。」這時，蘇小妹文思敏捷，脫口而出：「我有一物生得奇，半身生雙翅，半身長四蹄。長蹄跑不快，長翅飛不起。」他們三人說的都是同一字：鮮。

王安石雕像

……

王安石打算身邊再要個書僮，可連著看了幾個都不中意。這一天，家人又找來個書僮，請王安石過目。王安石問了他幾個問題，小傢伙答得不錯。王安石看他聰明伶俐，也沒說什麼，在紙上寫了幾行字，交給了家人：「一月又一月，兩月共半邊；上有可耕之田，下有長流之川；一家有六口，兩口不團圓。」家人看了，沉思了一會兒，終於明白了主人的意思，就把小傢伙留下了。其實，王安石寫的是個字謎，謎底就是一個字：用。

……

三國時期，文學家呂安和「竹林七賢」非常要好。一次，呂安不遠千里驅車來到河南修武看望「竹林七賢」之一的嵇康。不巧，嵇康外出了，只有嵇康的哥哥嵇喜在家。嵇喜是個德才不高的庸俗官吏，呂安素有耳聞，對他十分鄙視。因此，儘管嵇喜再三挽留，呂安拒不進門，只在門上寫下一個大大的「鳳」字，然後微微一笑，登上車揚長而去。

嵇喜一看，以為是這位雅士誇讚自己日後能攀龍附鳳步步高升呢，樂得手舞足蹈。嵇康回來後，嵇喜把這件事告訴了他，聰明的嵇康一看，笑笑說：「他是在諷刺你呢。」經他一解釋，嵇喜頓時感覺又羞又愧。

這是怎麼回事呢？原來，「鳳」字分開是「凡鳥」二字，呂安是借這個字來諷刺嵇喜庸俗無能。

⋯⋯

清朝乾隆的皇宮侍讀大學士紀曉嵐，能詩善文，通曉經史，生性詼諧，常以奇言妙語諧謔權貴。

一次，和坤為示風雅，在官邸後花園建書亭一座，邀請紀曉嵐題寫匾額。紀曉嵐平時聽說和坤的幾個寶貝兒子全是吃喝嫖賭、不通文墨的花花公子，便有意要作弄他們一下。於是，他揮筆寫下「竹苞」二字。

和坤以為紀曉嵐是取「竹苞松茂」之意，稱讚他書亭四周的翠竹美景呢，於是樂呵呵地說：「清高，雅致，妙不可言！」然後，令工匠將這龍飛鳳舞的「竹苞」二字精雕細刻，鑲於書亭之上。

一天，乾隆皇帝御駕親臨，見書亭匾額，大笑不已。和坤瞠目結舌，非常不解。乾隆解釋說：「和愛卿，這是紀曉嵐在嘲笑你家的寶貝兒子呢！」

和坤聽了，恍然大悟，直罵自己糊塗。

原來，「竹苞」二字拆開來讀，則是「個個草包」的意思。紀曉嵐是在諷刺和坤的兒子們胸無點墨、不學無術呢。

二・事物篇

所謂事物謎，就是用日常生活中的事和物編成謎語，大都起源於民間，採用生動形象的比喻。事物謎的特點是謎面具有謎底的形象和用途的特徵，通俗易懂，只要稍一聯想，就能猜中的。

傳說蘇軾的妹妹蘇小妹，從小習讀詩文，才華過人。因對前來說親的人大多瞧不上眼，但又不能貿然失禮，於是她想出了一個辦法：要所有的求婚者答三道題，答對了，許配給他。這三道詩題是：

第一道題，猜人名：

展翅翱翔，飛鳥歸房，
小人掌印，鑿壁借光，
惜日為雄，遠境閒逛，
娃娃獻計，紅熱具藏。

第二題，猜物名：

越大越好過，越小越難過，
越短越好過，越長越難過，
白天還好過，晚上更難過。

第三題，猜字：

東境腳為佳，女未肯成家，
半口吃一口，音息心牽掛。

求婚者獲知蘇小妹三道難題後，前來應試的人不少，但都只答了第一題或第二題之後就掃興而歸。有一天，蘇軾的詩友秦觀來訪，蘇軾很早就有意把小妹許配給他，於是提示說：「妹三題者，均為謎也。」秦觀沉吟半晌，寫出了答案：

第一題：張飛、關羽、孫權、孔明、陳勝、陸游、孫策、朱溫。

第二題：獨木橋。

第三題：小妹同意。

……

一天，秦觀和蘇氏兄妹在一起閒談，忽聽從遠處傳來一陣木匠做活的聲音。秦觀靈機一動，說出一個謎語：「我有一間房，半間租給轉輪王，有時射出一線光，天下邪魔不敢當。請猜一木工用具。」

蘇小妹想了一會，說：「我有一隻船，一人搖櫓一人牽，去時牽纖去，歸時搖櫓還。」

蘇東坡也笑著說：「你們兩個一個有房，一個有船，愚兄寒酸了。我有一張琴，一根琴弦腹中藏，為君馬上彈，

于謙祠

彈盡天下曲。」

蘇氏兄弟和秦觀同時大笑起來，原來三人的謎是同一個謎底，即木工畫線時用的墨斗。

……

明朝愛國將領于謙，少年時就很有才氣，他寫過一首喻物詩：

千錘萬鑿出深山，烈火焚燒若等閒。
粉身碎骨渾不怕，要留清白在人間。

據民間傳聞，說此詩寫成後，于謙為了試試兩個書僮的智力，先沒寫標題，讓他們根據詩意，去採購一點兒來。書僮一時沒猜透，第一個以為是喻詩書；第二個以為是每句各射一物，共射石板、鐵器、麵粉、豆腐四物。于謙見他們沒有猜出，這才標上了題目：石灰。

……

有一年春節，杭州西湖總宜園舉行燈謎盛會，吸引了許多遊客。剛巧，徐文長路過園門口，

……

只見一群人擁擠在大門口，在對一副對聯謎。好多文人雅士撓頭搔耳，苦苦思索，一時對不出下聯。徐文長上前一看，只見上聯寫著：「白蛇過江，頭頂一輪紅日。」下麵還寫著：「打一日常用物，並用一謎對下聯。」

徐文長微微一笑，覺得謎底雖然平常，但要同樣用一謎對下聯，感到一時難以作答。忽然，他望見門房牆上掛著一物，靈機一動，便寫出了一副下聯：「烏龍上壁，身披萬點金星。」其實，這副對聯說的就是兩件日常用品，上聯是說蠟燭，下聯是說桿秤。

……

有位老人，他有三個又聰明又孝順的兒媳婦。這年農閒季節，三個媳婦都準備回趟娘家。臨行前，老人把她們叫到跟前，對大媳婦說，你給我帶個「紙包火」回來；對二媳婦說，你給我帶個「紙包風」回來；又對三媳婦說，你給我帶個「紙包水」回來。

三個媳婦笑容可掬地點頭告別老人，回娘家去了。幾天後，她們帶回來老人要的東西。你能猜出分別是什麼嗎？（燈籠，紙扇，油簍）

……

古時候，有個聰明過人的秀才，善於猜謎和制謎。某天，有人想和他比個高低，便找上門來，出了一則謎語：「臥也坐，行也坐，立也坐，坐也坐。」要求猜一動物。

秀才聽後，沒有立即說出謎底，反倒也出了一則謎語給那人猜：「坐也臥，行也臥，立也臥，臥也臥。」也猜一動物。

那人想了很久也想不出來。秀才提示說：「我的謎底能吃你的謎底。」聽了這句含意雙關的話，那人臉都紅了，頓時恍然大悟。原來他的謎底是青蛙，而秀才的謎底則是蛇。

……

唐朝長慶二年（西元八二二年），冬雪紛飛，覆蓋江南。這時，年已半百的白居易，到杭州擔任刺史才一個月。他聽說自己手下的兩名武官被狂風大雪封鎖在城外山寺中受凍挨餓，心裡很是慚愧不安，於是立即叫人準備了兩件大衣和酒飯，又趕回宮邸從自家書房取出一盒精緻靈巧之物，並附了首小詩：「兩國打仗，兵強馬壯。馬不吃草，兵不徵糧。」派員一路冒雪送

……

往古剎。兩武官一見大喜，穿上厚厚的棉大衣，邊吃邊樂呵呵地擺開陣勢，相互「鬥」了起來。

原來白居易送過來的是一副象棋。

⋯⋯

元朝的王冕因家裡貧窮，十歲時母親含淚送他到本村一家地主家去放牛。王冕聰明伶俐特別喜歡學畫，經常是一邊放牛一邊用樹枝在沙地上畫荷花，畫青蛙，畫小鳥。一天，地主外出散步，忽然發現了王冕在畫畫，他老鼠眼一轉，陰陽怪氣地說：「你給我馬上畫件東西，畫不出來就別再吃飯啦！」接著便搖頭晃腦地念起來：「小小一條龍，鬍長背又弓，生前沒有血，死後渾身紅。」但是，王冕並沒有被地主嚇倒，他立即把這東西給畫了出來。聰明的讀者，你知道王冕畫的是什麼嗎？（謎底為蝦）

⋯⋯

王安石訪友，作詩曰：「兩個夥計，同眠同起，親朋聚會，誰見誰喜。」王安石又訪友作詩曰：「兩個夥計，為人正直，貪饞一生，利不歸己。」王安石復又訪友作詩曰：「兩個夥計，終身孤淒，走遍天涯，無有妻室。」王安石三首詩隱射同一物，聰明的讀者，你能猜中嗎？（謎底為筷子）

……

南宋時有位女詞人李清照。一天，她與丈夫趙明誠正在家中研究古詩詞，進來鄰居魯二嬸，說要借一樣物品。李清照問她借什麼，魯二嬸往書桌上指了指，笑著說：「一宅分兩院，兩院人馬多；多的比少的少，少的比多的多。」李清照聽了隨口答道：「弟兄七個，一個模樣；老大老二，高高在上；五個小弟，隔著大牆；總是打打，進出忙忙。」說罷，把那件物品遞給了魯二嬸。

現在，請你猜猜魯二嬸借的什麼物品？（謎底為算盤）

……

王冕墨梅圖

有一戶人家，父子說話含蓄幽默。新年快到了，父親高高興興把兒子叫來說：「你在外面玩什麼？」

兒子說：「階下兒童仰面時，清明裝點最堪宜，遊絲一斷渾無力，莫向東風怨別離。」

父親聽了，知道是兒子玩的風箏斷線飛走了，說：「明天我再給你做一個。你到街上幫我買樣東西來。」

兒子問：「買什麼東西？」

父親說：「能使妖魔膽竟摧，身如束帛氣如雷，一聲震得八方孔，回首相看已化灰。」

兒子立刻到街上買來了父親所需要的東西：爆竹。

……

有這樣一首雙解謎語詩：想當初，綠鬢婆娑；自歸郎後，青少黃多。受盡了許多磨折，歷盡了無數風波。休提起，提起了，清淚灑江河。

作者似在哀歎童養媳的悲慘命運，可謎底卻是撐船用的竹篙。作者不言竹篙，更不言竹子從青枝綠葉到骨瘦肌黃的「辛酸史」，很容易使人想到與之「形神俱似」的童養媳。這首詩題為《竹篙》的詩，其內在韻味，令人拍案叫絕，讓人感歎詩人的絕妙構思。

三・諧趣篇

蘇東坡自嘲「不合時宜」，蒲松齡大罵「一竅不通」……所謂文人雅趣，以文字為工具，或自諷，或諷人，對錯且不論，但諸多滑稽幽默之事中，亦不乏智力遊戲之趣味，姑妄讀之，姑妄猜之吧。

清朝著名文學家蒲松齡，連試不第，只好靠教書為生。有個財主望子成龍，慕名請蒲松齡去當師爺。教書三個月，臨近春節，蒲松齡便要告辭。財主問：「吾兒文章如何？」蒲松齡回道：「高山響鼓，聞聲百里。」財主又問：「吾兒在易、禮、詩諸方面不知長進如何？」蒲松齡應道：「八竅已通七竅。」說罷便啟程返家。財主趕去衙門，將這喜訊告訴當師爺的胞弟。師爺說：「大哥，你讓那教書匠戲弄了。」你知道蒲松齡的話是何含意嗎？（謎底為不通，不通，一竅不通！）

• • • •

……

明朝時期有個橫行霸道的縣令，總是魚肉百姓，百姓早就對其恨之入骨。這個縣令竟然還妄想自己能夠長生不老，於是就讓李時珍為自己開滋補的藥方。李時珍非常看不慣這個縣令的嘴臉，於是就想捉弄一下這個縣令，揮筆在紙上寫道：「柏子仁三錢，木瓜二錢，官李三錢，柴胡三錢，益智二錢，附子三錢，八角二錢，人參一錢，台烏三錢，上党三錢，山藥三錢。」寫完之後就立刻告辭，拂袖而去。

縣令看著藥方非常高興，想像著自己喝完補藥後的英姿，於是迫不及待地派人到藥鋪抓藥。藥鋪老闆頗通文墨，按著藥方稱完藥就琢磨出了藥方中暗藏的奧秘，於是就將這個奧秘告訴了前來抓藥的人，說：「這藥方是咒縣令大人快死……」下人回府後立刻稟報了縣令：「這幅藥方運用了諧音雙關法，讀起來就是，柏木棺材一副，八人抬上山。」縣令一聽，氣得從座椅上跳了起來，連呼上當。

蒲松齡的《聊齋誌異》

有一天，蘇東坡在花園散步，忽然靈機一動，拍拍肚子問丫環：「你們猜猜看，我腹中都有什麼？」

一個丫環說：「老爺，您是滿腹詩文。」蘇東坡聽了搖頭表示否認。

另一個丫環說：「我知道了，老爺呀，您是滿腹心機。」蘇東坡聽了苦笑道：「假如我滿腹心機，早就當上大官了。」

丫環們都猜不中，就請蘇東坡提示一下。蘇東坡想了想說：「那好吧，我出個謎語給你們猜。」於是在地上寫了一個「守」字，並說：「你們猜吧。『守』字可打四字成語一句，猜對了，便知道我肚子裡有什麼了。」

這時蘇東坡的侍妾王朝雲笑了起來。原來「守」字只有「時」字的右半邊，「宜」字的上半邊，合起來就成了一句成語「不合時宜」。蘇東坡是在自嘲自己的見解不合時宜啊。

有個縣令將他兒子狗屁不通的文章給祝枝山看，硬要他揮毫題詞。祝枝山無奈，只得提筆作書。寫罷，縣令一看，是兩句唐詩：「兩個黃鸝鳴翠柳，一行白鷺上青天。」旁邊還寫著打成語兩句。

底下人紛紛奉承：「上一句是『有聲有色』，指公子文章精彩；下一句是『青雲直上』，指公子的前途無量。」說得縣令樂不可支。

祝枝山在一旁笑了起來：「謎底我已經寫在令郎大作的右下角了。」說罷，揚長而去。縣令急忙尋找，發覺右下角果然有兩行小字，一看，氣得半晌說不出話來。那兩行字是：不知所云，離題（地）萬里。

……

清代，以詩、字、畫著稱的鄭板橋，早年生活在揚州。他雖說家中並不富裕，卻常常拿賣畫得來的錢周濟那些貧寒的百姓。

一次，鄭板橋去揚州南門外的文峰塔遊玩。走到南門街，看見一戶人家貼了一副蹊蹺的對聯：上聯寫著「二三四五」，下聯寫著「六七八九」。鄭板橋皺眉一想，急忙返回家去，從家裡拿著東西，進了貼對聯的這家。這家主人一看，鄭板橋送來的東西，正是自己需要的，非常感激，問道：「您怎麼知道？」鄭板橋說：「我一看門上的對聯心裡就明白了。」

你知道對聯上寫的是什麼意思嗎？（謎底為缺衣少食）

……

杭州西湖湖心亭有一石碑，是清乾隆手書之「蟲二」。湖心亭在西湖中，初名振鷺亭，又稱清喜閣。初建於明嘉靖三十一年（一五五二年），明萬曆後才稱湖心亭。此亭於一九五三年重建，一層二簷四面廳形制，金黃琉璃瓦屋頂。昔人詩云：「百遍清遊未擬還，孤亭好在水雲間。停闌四面空明裡，一面城頭三面山。」說的就是湖心亭的景致，「湖心平眺」為古時候西湖十八景之一。傳說當年乾隆下江南，夜遊湖心亭，被美景吸引，便題下了「蟲二」二字，寓意「風月無邊」。這兩個字取自繁體字「風月」二字的中間部分，把外框去掉，變成「蟲二」。

……

蘇東坡和袁公濟是同科出身的好朋友。有一年，他們同在杭州做官，袁公濟深知蘇東坡是個全才，對聯、猜謎也都是一把好手，一般的謎是難不倒他的。

有一次，他們在外踏雪賞景，這時路上的積雪已有一寸多厚了，袁公濟便說道：「我有一謎，想請教，不知你能猜得嗎？」蘇東坡一聽便說：「賞雪猜謎，也是一件雅事，請出謎面。」袁公濟說：「雪徑人蹤滅，打半句七言唐詩。」

蘇東坡一聽，不覺暗暗吃驚，心想到，天下猜謎哪有猜半句詩的道理，而且半句是七言詩，三個字還是四個字呢？也許三個字、四個字都不是，而是七個字的一半（縱剖），或三個半字。儘管蘇東坡熟讀唐詩，此時卻無從下手。這時，他倆一路向龍泓寺走去，突然，路旁的樹林中飛出了一群小鳥，排成了一線向著遠天飛去。蘇東坡不覺心裡一亮，再仔細一想，含笑點頭，心裡暗暗稱讚袁公濟的半句詩謎做得巧。但是，他卻不想馬上把謎底說穿，也想趁此機會難一難袁公濟，便指著遠遠飛去的鳥對袁說：「公濟，你看天上的景色，我現在也請你猜謎，謎面就是『雀飛入高空』，也打半句七言唐詩。」

乾隆題「蟲二」，意寓風月無邊

袁公濟一時還沒有理出頭緒，反而被弄懵了。蘇東坡又說道：「你猜出了我的謎，我也就猜出了你的謎了。」過了一會，蘇東坡便俯下身子，在雪地上豎直寫了一句七言唐詩：一行白鷺上青天，並在「鷺」字的中間攔腰一劃，然後說：「你的謎底是上半句——一行白路；我的謎底是下半句——鳥上青天。」

袁公濟見說後，拍手大贊說：「子瞻，我明白了，明白了，你真是天下第一奇才，佩服，佩服！」

……

隋煬帝大業十四年（西元六一八年），宇文化及在江都逼殺煬帝。此時，太僕楊義臣正隱於雷夏澤，想起化及之弟宇文士及乃自己的結義兄弟，日後事發，必遭滅族之禍。於是打發家人楊芳送去一瓦罐。士及打開瓦罐封皮一看，裡面只有兩顆棗子和一隻糖製成的烏龜，一時摸不著頭腦。他年方十七的小妹淑姑自小聰敏伶俐，對瓦罐中的兩件物品端詳一會兒道：「這啞謎兒也沒有什麼難猜之處，分明包含著『早早歸唐』（棗棗龜糖）之意。」宇文士及恍然大悟：原來楊義臣怕我受哥哥連累，勸我早日投降唐王李淵，好免災禍。但我又該怎樣用一件器件作隱語，表明自己願投大唐的意思回答他才好。淑姑已明白哥哥的意思，便說道：「妹子想出了一個回答的方法。」便捧出一個漆盒，裡面藏著一隻紙鵝兒，鵝頸上掛著一個小小魚網，網上豎著一個算命先生的招牌。宇文士及看了十分詫異，問此是何意。淑姑便在他耳邊低低說了幾句，士及連聲稱妙，便將漆盒封固，付與楊芳回去覆命了。楊義臣打開漆盒一看，想了會兒笑道：「原來是『爾謹遵命』（鵝頸遵命）了。」

……

明初，江西有個知府，姓甘名百川，人稱五道太守。上任不久就露出了貪官本相，到處伸手，明搶暗奪，搜括民財。這一年元宵節，當地百姓用白紙糊了一隻旱地蓮船，遊行上街。船前面兩頭人扮的獅子，口裡銜著一個大元寶。船旁站著五個道士，都歪戴著帽子。中央一個道士舉著一根發黃竹竿，僅竿頭上有點青色。這樣一支離奇的隊伍，緩緩地穿過鬧市，引來了許多閒人，看了都捧腹而笑。

原來，這是一出諷刺劇，一首隱語詩，一則啞謎。它暗藏著四句話：「好個乾白船（甘百川），兩獅（司）都咬（要）錢。五道冠（官）不正，一竿（甘）青（清）不全。」百姓就用這一形式，巧妙而又辛辣地揭露了甘百川的貪贓枉法。

……

有個魚行的老闆，非常小氣，像鐵公雞。他家裡的金銀財寶多得用不完，卻還處處佔便宜，人送外號「蠟燭頭」。但這位老闆卻頗愛附庸風雅，一天他跑到徐文長那裡，硬纏著徐文長給他起個雅號，給他的書房定個名。徐文長無法拒絕，思考了一會，提筆為他題名「海山先生」，書房題名為「衡玉房」。

不久，徐文長的幾個朋友來訪，談起此事，大家都對徐文長不滿。徐文長笑道：「此事另有玄機。你們看看一對蠟燭，一支寫著『福如東海』，另一支寫著『壽比南山』。蠟燭點著，剩的蠟燭頭不就是一個『海』一個『山』嗎？至於那『衡玉』，也並不難理解。『衡玉』二字拆開，不就是『魚行主』三個字嗎？其實就是蠟燭頭魚行主的意思。」大家聽了都會心一笑。

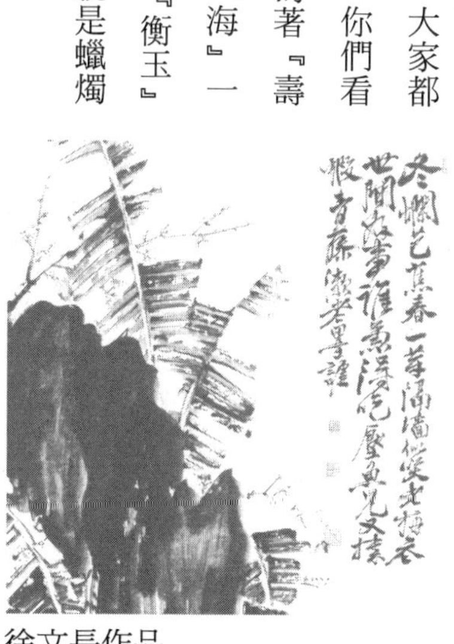

徐文長作品

……

有個花旦攀上了戲霸，發了橫財，建造了一幢廳堂大屋，還請當地的一個秀才題寫了個堂名——「旦白堂」。花旦不知何意，就問秀才，秀才解釋說：「周朝的周公旦輔佐周成王治國有方，清白一世，是有名的相國。你與他相比，也不遜色，『旦白堂』也正是此意。」花旦聽了大喜，重謝了秀才，並四處炫耀。

一天，花旦家裡來了一個懂文墨的客人，花旦請他四處觀看。誰知那客人看後不言不語，只是冷笑。花旦不解地問客人，客人就向花旦解釋說：「你是戲子，又是在臺上唱花旦的，上臺第一句道白是什麼？」花旦說：「我上臺第一句道白不是『奴家』，就是『哀家』！」客人說：「這不成了『奴家堂』或『哀家堂』了嗎？」

花旦一聽，氣得臉孔煞白。

……

吳門人張幼于，有文才，好開玩笑。一天張幼於與人相聚飲酒，正好來了幾個闖席的朋友，幼于便假裝關了門，寫了一條謎語貼在門上，對外面的人說：「猜中了，才允許進門。」謎語說：「老不老，小不小；羞不羞，好不好。」眾人都猜不中。

有個叫王百穀的猜道：「太公八十遇文王，老不老；甘羅十二為丞相，小不小；閉了門兒獨自吞，羞不羞；開了門兒大家吃，好不好？」張幼于聽了大笑，開門迎客。

……

一個在外謀生的人托同鄉帶給妻子一封信和一包銀子。那個同鄉悄悄打開了信，看到裡面只有一幅畫，畫面上有一棵樹，樹上有八隻八哥，四隻斑鳩。他一想，信中並沒有寫多少銀子，於是便將銀子偷偷扣了一半。誰知見到了朋友的妻子後，她拿著信講：「咱們辦事要老實啊！我丈夫托您帶一百兩銀子，為什麼只有五十兩了？」

你能猜出她憑什麼知道了原來有銀子一百兩嗎？（八隻八哥，八八六十四；四隻斑鳩，四九三十六，加起來正好一百。）

1——談馬言午，許也（談話即「言」，古時以十二地支表示生肖，其中午年出生的人屬馬，因此，談馬即言午許也）；礪畢的意思是石塊磨平了即「石卑」，碑也；王田為千里，重也；數七是六一，立也。

2——一尺等於十寸，尺一即為十一寸，即「寺」。

3——「園中花，化為灰」，花字去掉化字為草頭；「夕陽一點已西墜」，夕字去掉中央的一點為，為魚字的上半部；「相思淚，心已醉」，思字去掉心字為田字；「空聽馬蹄歸」即魚字下方四點；「秋日殘紅螢火飛」，秋字去掉火字為禾字。加起來即為「蘇」。

4——秤桿的形與色似「烏龍」，秤桿上的刻度喻為「星」。

第五章　書法　漢字形體結構之美

書法

書法，作為中華民族獨有的文字藝術，古老悠久而又生機勃勃。它是漢字形體結構之美的代表，最能體現出個人修養、個性魅力和時代精神。只有含蓄雋永、機敏睿智的炎黃子孫，才能將這獨具特色的方塊字演繹得如此風姿俊秀。

書法是中華民族的一門古老的藝術，探其源至少有三千多年的歷史。漢字連同書法一起輻射到周邊國家，如朝鮮、日本、馬來西亞、新加坡、越南，形成了一個強大的漢字文化圈，成為了東方文化的精髓。書法也成為了東方藝術的典範。

我們要知道，和其他文字不同，漢字一開始就是從自然的物象演化而來。我們的先民最初將所看到的東西用簡單的線條描繪下來，成為一幅幅小圖畫，用來記事和傳達思想、語言。而這一幅幅小圖畫，再演變成一個個方塊的漢字，先天上就帶有了美感，所以漢字從產生之初就不自覺地按照審美的原則來創造，一個字本身就是一副儀態萬方的抽象畫。

然而漢字之所以能夠成為書法藝術的素材，還在於漢字的象形超越了被類比的客觀物件而獲得了獨立的符號意義。在這一超越過程中，正是這種對線條變化的不同理解、吸收和創造，從而產生了不同的字體和書寫方式。同一個文字，不同的字體、不同的人都有不同的寫法，這才使得文字的形式有了獨立的審美價值，為文字造型提供了表現的天地。

另外，漢字成為書法這一演變過程中，有文字自身的特點作為創作根基，同時也因文人士大夫這一特殊階層的參與而賦予了文化靈魂。這些參與者的審美意識以及他的性格、學識、閱歷等諸多方面會自覺不自覺地融入書法中去，使書法具有氣韻、神采、意境，成為書家精神世界的外在表現，這才使得漢字逐漸完成實用性和欣賞性的功能性分離，成為我們所獨有的書法藝術。

中國的書法藝術源遠流長。總的畫分，可將唐代的顏真卿作為一個分界點。在他之前，是「書體沿革時代」，它以秦朝小篆出現為先河，經兩漢時期的不斷變革和創新，而在魏晉趨於穩定，在唐代發揚光大。這個時期的書法發展，主要傾向為書體的沿革，書法家藝術風格的展現往往與書體直接相聯。而在顏真卿之後，則是「風格流變時期」，此時無須再創新的字體，書法家們對書法的探究日益精微細化。宋、元、明書法以晉唐法度為契機，不斷創造新技法和新意境，湧現出豐富多姿的個性風格和書藝流派。清代書家廣泛汲取前代書法養料，崇尚北碑之學，熔凝出新的風格。

一・名家篇

書法是中華民族的國粹，上千年來無數文人雅士為之傾倒，不斷探索。因為它不僅需要大量的技巧和高超的判斷力，而且還被當做作書人品性、學識最絕妙的呈現，這就是所謂的「字如其人」。由此，在中國歷史上，湧現出了無數風格迥異而又各有特色的書法名家。

西漢大臣蕭何協助劉邦建立了漢王朝，因為他的功績大，劉邦就封他為酇候，後來又升他做相國。蕭何的字寫得非常好，尤其擅長用禿筆在牌匾上寫字。有一次，有人請蕭何為一座新砌成的宮殿題寫一個殿名，蕭何苦思冥想了三個月後，才動筆寫。寫的那天，有人聽說蕭何想了三個月才動筆寫，都從很遠的地方趕過來看。只見蕭何如同帶兵打仗一樣，手腕的變動好像是在指揮千軍萬馬，寫出來的字好像他所帶領的文臣武將，每一個字都那麼有氣勢，在場的人無不為他精彩的揮毫潑墨所深深折服。

師宜官，南陽人。漢靈帝喜愛書法，徵召天下善書法的人集於鴻都門，約幾百人。這些人中，師宜官的八分書法是最好的。大的，一個字的直徑長丈；小的，在寸方的一片竹簡上，可書寫一千個字。師宜官恃才傲物，好飲酒。有時空手去酒店，在酒店的牆壁上書字出售，招來許多人圍觀。若賣給他酒，可以多出售給你幾個字，否則就鏟掉牆上的字。後來，為袁術耿球碑。時人評說：師宜官的書法，如鵾鵬展翅未收，淩空而降，翩翩落下。

漢代，張芝，字伯英，生性就熱愛書法。他家裡做衣服用的布帛，都先用來練習書法然後再蒸蒸洗染。張芝擅長寫隸書，尤其擅長寫章草。韋仲將稱他為「草聖」，說「崔肉張骨」，稱讚張芝草書風骨的不凡。張芝的隸書工夫到家，章草更是達到極至，出神入化，讓世人讚歎。

後漢蔡邕字伯喈，陳留人，身材高大偉岸，相貌英俊不凡，知識淵博，既能繪畫又通曉音律，天文術數無所不通，而且寫一筆好字。他的篆書、隸書，可稱得上是絕世之作。蔡邕尤其善於書寫八分字，字形結構多變，深得其中的靈妙。蔡邕又創造了飛白字體，精妙絕倫。他書寫的八分飛白出神入化，大、小篆書達到神妙的境界。蔡邕去嵩山學習書法，在一個石室裡得到素書一部，八角放光，用篆書記載著李斯、史籀書法用筆的態式、構造。蔡邕得到這部書後，高興得一天沒吃飯，大喊大叫。蔡邕將這部書研讀了三年，深得書中的精奧，使他的書法達到極高的造詣。蔡邕書寫《五經》，放在太學中，去觀賞的人像市集上的人一樣多。蔡邕的書法，風骨不凡，氣韻靈動，超凡脫俗，是神妙的藝術品。

……

漢朝蔡邕的飛白書獨步天下。飛白書的來歷亦頗為有趣。

蔡邕不是一個閉門讀書、寫字的人，他經常出門旅行，為的是捕捉靈感，豐富閱歷。這一天，他把寫好的文章，送到皇家藏書的鴻都門去。那兒的人架子挺大，誰來了都得在門外等上一陣子。蔡邕等待接見的時候，有幾個工匠正用掃帚蘸這石灰水在刷牆。他就站在一邊看了起來。

一開始，他不過是為了消磨一下時光。可看著看著，他就看出點「門道兒」來了。只見工匠一掃帚下去，牆上出現了一道白印。由於掃帚比較稀，蘸不了多少石灰水，牆面又不太光滑，所以一掃帚下去，白道裡仍有些地方露出牆皮來。蔡邕一看，眼前不由一亮。他想，以往寫字用筆蘸足了墨汁，一筆下去，筆道全是黑的。要是像工匠刷牆一樣，讓黑筆道裡露出些帛或紙來，那不是更加生動自然嗎？想到這兒，他一下來了情緒，交上文章，馬上奔回家去。

蔡邕回到家裡，顧不上休息，準備好筆墨紙硯。想著工匠刷牆時的情景，提筆就寫。誰知想起來容易，做起來就難了。一開始不是露不出紙來，就是露出來的部分太生硬了。可他一點兒也不氣餒，一次又一次地嘗試。終於，他在蘸墨多少、用力大小和行筆速度各方面，掌握好了分寸，寫出了黑色中隱隱露白的筆道，使字變得飄逸飛動，別有風味。

蔡邕獨創的這種寫法，很快就推廣開來，並成為「飛白書」。直到今天，還被書法家們應用。

魏時人鍾繇，字元常，是書法名家，常跟魏太祖曹操、邯鄲淳、韋誕等人一起談論書法。一次，鍾繇向韋誕借《蔡伯喈筆法》看看，韋誕沒有借給他。鍾繇生氣捶胸，口吐鮮血。韋誕死後，鍾繇命人盜掘他的墳墓，終於得到了這部《蔡伯喈筆法》。從此，鍾繇的書法日見長益，更趨精妙。鍾繇全神貫注地研習書法，有時躺在床上用指書寫，常常將蓋在身上的被子穿破。有時上廁所，竟然忘記出來。他看到各種物件都想到書法，試圖將它們書寫描畫下來。

……

東晉時代的衛鑠，是中國歷史上第一位女書法家，是「書聖」王羲之的書法老師，人們稱她為「衛夫人」。

衛夫人的祖父、叔父都是當時有名的書法家。有一次，衛夫人向叔父要求學習書法，叔父不以為然地拒絕了，衛夫人很不服氣。從此，每當叔父寫字時，她就湊上去看，然

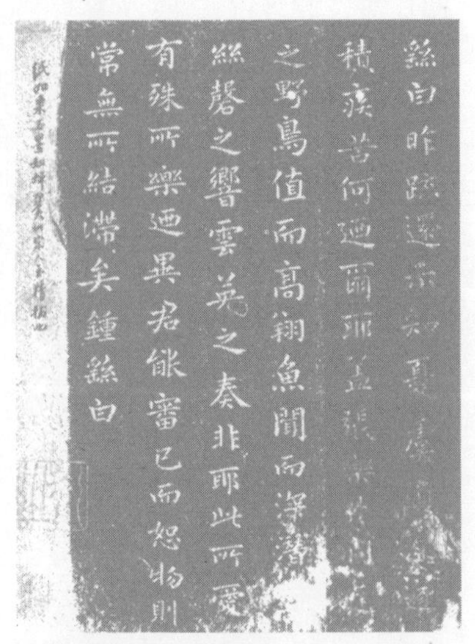

鍾繇楷書《還示表》

後再躲進自己房間裡偷偷地練習。後來，叔父發現她決心很大，就正式教她學習書法。衛夫人在叔父的指導下，更加刻苦勤奮地學習，終於成為中國第一位女書法家。

……

晉朝的王羲之，七歲時就擅長書法。十二歲時，在他父親床頭看到一部前代人談論書法的書《筆說》，悄悄取出來讀。他父親發現了，從此開始教他書法，並為他聘請老師。他的老師衛夫人第一次見到王羲之的作品，就高興得流淚說：「這孩子將來一定能遮住我的名聲啊！」王羲之三十三歲寫《蘭亭序》，三十七歲寫《黃庭經》，都是名耀千古的神作。他的書法千變萬化，無論行書、草書、隸書都出神入化。他的妻子郗氏也寫一手好字，七個兒子也都是書法名家，其中最有名的是王獻之。

……

王獻之，字子敬，是王羲之的第七個兒子，尤其擅長書寫章草。王獻之五六歲時學習書法。

……

一次，父親悄悄走到他身後用力拔他的筆，拔不下來，讚歎他說：「這個孩子在書法方面，將來一定會成大名的。」於是，親手書寫《樂毅論》給王獻之，讓他效仿臨摹。王獻之很快就臨摹得達到以假亂真的極致。

王獻之寫的小楷，字的結構嚴緊慎密，一點也不比他父親王羲之差。至於大楷則特別僵直而少變化，不可跟他父親相提並論。唯有行書、草書造詣頗高，氣韻飄逸，很少有人能及得上他。其他各種書體，多數都遜於他的父親王羲之。總而言之，父子二人的書法就像兄長與小弟之間一樣，差距不大。王獻之隸書、行書、草書、章草、飛白五種書體，都達到出神入化的境地，是精妙的藝術品。他的八分字寫得也非常漂亮。

王獻之曾給晉簡文帝書寫了十多張紙書，在末尾落款處題寫上：「下官這些作品很合乎書法的法度，願您保存。」這些書法作品被晉朝的權臣桓玄視為至寶。桓玄鍾愛王羲之、王獻之父子二人的書法作品，達到愛不釋手的地步。他編選的二王的絹和紙書作品，都是挑選正楷、行書中的上乘之作，結成一冊，經常將它放在身邊，不時拿出把玩欣賞。後來桓玄造反失敗，向南逃亡，儘管狼狽卻還將這些書法作品帶在身邊。直到他最後死亡，二王的這冊書法作品陪伴他一塊兒沉沒在江裡。

……

歐陽詢為唐初四大書法家之一，他的書法人稱「歐體」，對後世影響很大。當時的高麗國特別喜愛他的書法，派使臣請他去。唐太宗歎息說：「沒想到歐陽詢的書法名聲竟然傳到了夷狄。」

歐陽詢一次出行，見到一古碑，是索靖的書法，他停下馬看了很長時間才離開，走了幾步之後，又回來下馬站在那裡觀看。累了就坐下來看，晚上就睡在旁邊，一直看了三天才走。

……

王獻之書法

唐朝張旭的草書深得用筆之法，他自己以繼承「二王」傳統為自豪，字字有法，另一方面又效法張芝草書之藝，創造出瀟灑磊落、變幻莫測的狂草，其狀驚世駭俗。張旭說：「我最開

……

始看到公主與挑擔夫爭路，而得到筆法的意境；後來見到公孫大娘舞劍而得到筆法的神韻。」他喝醉了就寫草書，揮筆大叫，甚至用頭沾染墨水而寫，天下人都稱呼他為「張顛」，寫出的草書神妙非常，不可復得。後世人評說唐初的四位書法家歐陽詢、虞世南、褚遂良、薛稷的書法優劣，誰好誰壞各有爭論，但說到張旭，沒有不認同的。

……

唐朝文宗皇帝曾向全國發出了一道罕見的詔書：李白的詩歌、張旭的草書、裴旻的劍舞可成為天下的「三絕」。

詔書一到洛陽城，頓時轟動了那些飽學之士。他們紛紛向張旭道喜，慶賀他以卓絕的努力奪得了最高獎譽。張旭作揖一一致謝，並設宴款待洛陽名流。席上，有人提議張旭談談草書寫「絕」的秘訣，張旭推辭不過，謙虛地說：「各位見笑了，我自知淺陋，皇上獎掖，受之有愧。說到秘訣，無非在『用心』兩字。」

張旭沉吟片刻，油然想起杜少陵曾寫的《觀公孫大娘弟子舞劍器行》一詩，便說：「少陵曾對公孫大娘的劍器舞寫過一首詩，其中四句『烈如羿射九日落，矯如群帝驂龍翔；來如雷霆收震怒，罷如江海凝清光』，想必諸位是知道的。在鄴縣，我有幸見過公孫大娘的舞姿，每次看時，都引起我的聯想：她將左手揮過去，我就立即想到這次姿態像個什麼字；她跳躍起來旋轉，我想草書中的『使轉』筆鋒的馳騁應如此罷！她那整個起舞的姿態音容，給了我許多關於草書結構的啟發。」

……

張旭狂草

隋唐時代的著名書法家智永和尚，是王羲之的七世孫。據說他曾住在永欣寺樓上，刻苦學書三十年。他身邊備有一個大竹簍，將寫禿的筆扔進竹簍裡，整整裝滿了五簍，後來他將這些禿筆埋在一起，稱為「退筆塚」。經他親手臨寫的《千字文》有八百多本，分別散在江南各寺廟裡。「只要工夫深，鐵杵磨成針」，智永終於成為當時著名的書法家，每天來求他寫字的人絡繹不絕，把他家的門檻都踏平了，於是用鐵皮包上，被人稱為「鐵門檻」。

……

……

鄭虔是唐玄宗時代的著名學者、書法家，學問很淵博。他青年時代就愛好寫字繪畫，但令人心酸的是他家境貧寒，窮得連紙張也買不起，用什麼來練字呢？正好附近慈恩寺廟裡存放有幾間屋的柿葉，他便搬到寺廟裡住下，每天取紅色的柿葉當紙，刻苦學書。時間一長，把幾間屋的柿葉都寫完了。皇天不負有心人，鄭虔終於艱難而玉成，他的書法、繪畫和詩歌都取得了很大成就，唐玄宗見了讚歎不已，稱之為「鄭虔三絕」。

……

唐代的大書法家懷素和尚，也是一位勤奮刻苦的典範。因為貧苦，買不起紙張，他每天取芭蕉葉來寫字，後來把他種的一萬多株芭蕉樹的樹葉都摘光了。於是他又做了個木盤子，刷上漆，在上面練習寫字，時間長了，筆尖竟把木盤也磨穿了。他寫禿的筆，可

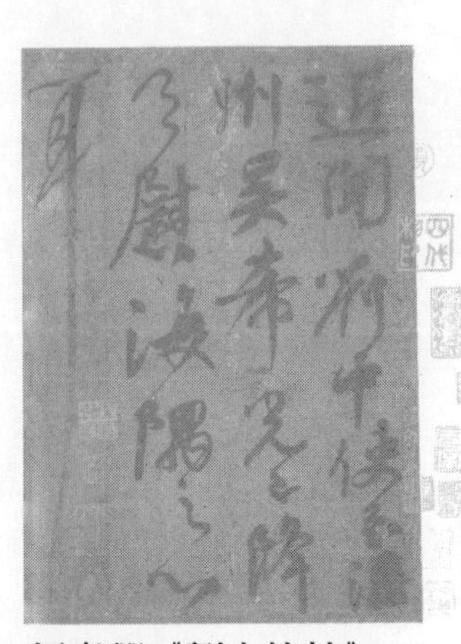

顏真卿《劉中使帖》

能比智永和尚還多。懷素刻苦學書幾十年，終於自成一家，他的草書是中國書法藝術中的珍品。

……

顏真卿和懷素都是唐代著名書法家。顏真卿的書法端莊雄偉，氣勢開張，自成一種風格，人稱「顏體」。懷素運筆像暴風驟雨一樣，飛動圓轉，以擅長狂草出名。有一天，他們聚在一起交談，顏魯公問懷素：「你寫草書有什麼體會嗎？」懷素說：「我觀察夏天的雲朵有很多的變化，像山峰起伏一樣，所以我的運筆有時就像展翅的鳥飛出樹林，受驚的蛇竄入草叢。還有，我看見裂開的牆壁，那一道道裂紋是那麼自然！」顏真卿說：「那跟屋漏痕（用筆的一種比喻）相比怎麼樣呢？」懷素立即站起來，握著顏真卿的手說：「你是得到它的精髓了！」

……

王僧虔年輕時就寫得一手好字，尤其擅長隸書。宋文帝在一次偶然機會見到王僧虔的一幅白絹扇面書法，讚歎不已，說：「這不只是超過了王子敬（獻之），其骨力內涵，外貌風儀更

……

不一般，不可小看。」王僧虔是晉代三朝宰相王導的五世孫，而著名大書法家王羲之、王獻之，則又是王導的從子、從孫。王僧虔的書法是有其家學淵源的。他不僅繼承了家族的傳統，字寫得好，而且對書法理論也有自己獨到的見解，曾著《書論》一篇。

宋朝米芾的書法在繼承「二王」書法傳統上下過苦功，真、草、隸、篆、行都寫得不錯，而尤以行草書見長。他自稱「刷字」，是指他用筆迅疾而勁健，盡興盡勢盡力，追求「刷」的韻味、氣魄、力量，追求自然。他的書法作品，大至詩帖，小至尺牘、題跋都具有痛快淋漓、欹縱變幻、雄健清新的特點，快刀利劍的氣勢。

米芾的書法功力深厚，他的書法融合了各個時代的優點由唐而上溯魏晉、更上溯戰國，形成他獨特精彩生動、跳躍逸宕的筆法，將書寫人的性情與寫字時的感受發揮無遺。米芾用筆如畫竹，喜「八面出鋒」，正側藏露，長短粗細，體態萬千。結字也俯仰斜正，變化極大，並以欹側為主，表現了動態的美感。

米芾的代表作有《論草書帖》、《苕溪詩卷》、《蜀素帖》、《珊瑚帖》、《拜中嶽命詩》、

《虹縣詩帖》等。

……

宋徽宗趙佶善瘦金體，為天下一絕。據說此書法的來歷，頗為有趣。

有次宋徽宗看歌舞表演，很是投入，自己親自去擊鼓，然後飲酒大醉。睡下不久，他突然醒來，歌舞之時的鼓聲似乎隱約迴蕩在耳邊，頓時靈感勃發，命令侍從展紙備硯，揮毫潑墨。恍惚之中，鼓聲隨筆端遊走，節奏感極強，宋徽宗酣暢淋漓，寫出了一幅好字。字體飄逸，起筆如長袖飛舞，落筆如玉足輕勾，秀麗極了，此即為瘦金體。

……

宋徽宗瘦金體

……

清朝莊然一，名寶書，擅長書法。他最初是向董香光等名家學習，後來學習晉朝人的書法。他在京師備考科舉的時候，每書寫一幅作品，當時的書法名家，如劉墉、梁山舟等人，無不交口稱讚。在京師住了好幾年，名聲日盛，卻一直沒能考上科舉。他不得不歎息說：「我一輩子就只能寫書法嗎？」他每次喝酒之後，拿起筆來縱情書寫，雖是長條巨幅，頃刻之間就寫完，心中抑鬱不平之氣，全部隱藏於書法中。因此他的書法，無一平筆。別人乘他喝醉的時候要書法作品，再多也不吝嗇。等到他醒了之後，即使是一個小字條，他也不肯寫。

……

乾隆朝劉墉，心氣極高。當時和他同朝為臣的紀曉嵐才名滿天下，為天下文人所景仰。劉墉自知在才學上不可能勝過紀曉嵐，於是另闢蹊徑，在書法上猛下苦功，在學習歷代名家長處的基礎上，大膽創新，韻味特殊，自成一家，名滿天下。劉墉的書法，初看圓軟輕滑，若團團棉花，細審則骨骼分明，內含剛勁。劉墉書法之境界可以用「靜」、「淡」、「清」三字概括，這是他超過常人之處。因此，若論乾隆朝的才子，以紀曉嵐為最；若論乾隆朝的書法家，則以劉墉為最。

清朝揚州「八怪」之一鄭板橋自幼酷愛書法，古代著名書法家各種書體他都臨摹，經過一番苦練，終於和前人寫得幾乎一模一樣，能夠亂真了。但是大家對他的字並不怎麼欣賞，甚至譏他為「書奴」。他自己也很著急，比以前學得更加勤奮，練得更加刻苦了。

一個夏天的晚上，他和妻子坐在外面乘涼，他用手指在自己的大腿上寫起字來，寫著寫著，就寫到他妻子身上去了。他妻子生氣地把他的手打了一下說：「你有你的體（身體），我有我的體，為什麼不寫自己的體，寫別人的體？」

頓時，鄭板橋恍然大悟，各人有各人的身體，寫字也各有各的字體，本來就不一樣嘛！我為什麼老是學著別人的字體，而不走自己的路，寫自己的體呢？即使學得和別人一樣，也不過是別人的字體，沒有創新，沒有自己的風格，又有什麼意思？他一下興奮得跳了起來。從此，他取各家之長，融會貫通，以隸書與篆、草、行、楷相雜，用作畫的方法寫字，終於形成了一種「六分半書」，也就是人們常說的「亂石鋪街體」，成了清代享有盛譽的著名書畫家。

二・名作篇

中國上千年的書法藝術發展中，曾湧現出無數傳世名帖。它們在有形的字幅之中，體現出作者的某種審美理想和美的追求，蕩漾著一股靈虛之氣，氤氳著一種形而上的氣息，使作品超越有限的形質，而進入一種無限的境界之中。

……

三希寶帖，即王羲之的《快雪時晴帖》、王獻之的《中秋帖》和王珣的《伯遠帖》，是東晉書聖王羲之家族留給後世的最為珍貴的東西。在這其中，書聖王羲之的《快雪時晴帖》以圓筆藏鋒為主，起筆收筆圓轉不露鋒芒，筆法匀整安穩，如名士閑坐，顯現出氣定神閑，不疾不徐的情態。他的兒子王獻之的《中秋帖》則是一筆而成，氣勢縱逸豪放，如大鵬搏風長鯨噴浪，酣暢之意難以言敘。他的侄子王珣的《伯遠帖》則筆力遒勁，態致蕭散。此三帖，為歷代奉為無上至寶、法書鼻祖，是當之無愧的中華神品。

東晉穆帝永和九年（西元三五三年）三月三日，王羲之與謝安、孫綽等四十一人，在山陰（今浙江紹興）蘭亭「修禊」，會上各人做詩，王羲之為他們的詩集寫了序文。序中記敘蘭亭周圍山水之美和聚會的歡樂之情，抒發好景不長，生死無常的感慨。這就是赫赫有名的《蘭亭序》（又名《蘭亭集序》）。

《蘭亭序》共二十八行，三百二十四字，字字「天馬行空，遊行自在」。凡重複的字，寫法各不相同，如五個「懷」字、七個「不」字，不同的位置，不同的表現，都依類賦形，千變萬化。其中「之」字多達二十字，有的如楷書工整，有的似草書流轉，大小參差，千姿百態，令人讚歎不已。它體現了王羲之書法藝術的最高境界，作者的氣度、神韻、襟懷、情愫，在這件作品中都得到了充分表現，是王羲之三十三歲時的得意之作。後人評道「右軍字體，古法一變。其雄秀之氣，出於天然，故古

王羲之《快雪時晴帖》

今以為師法。」因此，歷代書家都推《蘭亭序》為「天下第一行書」。

……

王羲之名帖，除《快雪時晴帖》、《蘭亭序》之外，尚有《喪亂帖》。此帖是他得知留在北方的祖墳遭到破壞後憤怒悲傷之下寫給友人的一封書信。該帖為抒發作者悲痛之情的作品，故揮灑淋漓，與《蘭亭序》的流暢與渾然一體不同，寫《蘭亭集序》時的心情以輕鬆歡快為主，《喪亂帖》中字跡潦草，時有滯頓的痕跡，由此可以看到王羲之書寫這幅作品時的悲憤與鬱悶之情。這讓我們感悟到書法是書寫人心靈和性格的展現。

既然是書信，就有信筆而書的特點，隨手擬就，故書逾見率意、自然，不過仍可見出筆法的精深造詣。《喪亂帖》神采外耀，筆法精妙，動感強烈。結體多欹側取姿，是王羲之所創造的最新體勢的典型作品，也是其欹側之風的代表作品，歷來為書法學習者所重視。

……

隋朝時期的書法家智永和尚，是王羲之的七世孫。他傳世的名作，是《真草千字文》。《千字文》本來是王羲之寫的，但是內容雜亂而不成韻，到了梁武帝才命令員外散騎侍郎周興嗣，將原文的一千個字，改編成有韻腳（押韻）的《千字文》，方便記誦。這一千個字和王右軍所寫的完全相同，只是文句改了。本來《千字文》的開頭是「二儀日月，雲露嚴霜……」經過周興嗣的改寫，也就是目前大家習誦的「天地玄黃，宇宙洪荒……」。當然這一件改編的工作是十分吃力的，所以聽說他累得一夜之間鬚鬢全白呢！

智永和尚專心研究王氏家傳的書法，一心想把祖先傳流的典範，加以發揚光大，於是勤臨《千字文》，分別贈送給江淮各個廟寺。因為他曾將《千字文》以真體、草體兩種書體並列來寫，於是開了後世以不同的書體來寫《千字文》的先例，到後來還有「篆、隸、真、草」四體《千字文》行世。

智永雖然寫過無數的《千字文》，但目前流傳於世的智永真草《千字文》，僅有三種，即：臨本關中本和寶墨軒本，及現存日本的真跡本《千字文》。前兩種臨本筆畫各有特色，但是比起真跡自然要遜色多了！如果要研究，當然以真跡最好了。

智永以前的草書體勢，雜亂不一，他規範了草書的寫法，創下了為後世書法家所遵循的規範。所以從智永以後，草書才能脫離了紛紜局面而歸於一致，奠定了唐代以來，一千多年來草書的筆法，這一點是智永不朽的貢獻。

……

唐初的大書法家歐陽詢楷書法度嚴謹，筆力險峻，世無所匹，被稱之為「唐人楷書第一」。由於他的書法於平正中見險絕，最適合初學者臨摹，因此被稱為「歐體」。而《仲尼夢奠帖》，就是歐體楷書的登峰造極之作。

《仲尼夢奠帖》共七十八字，書法筆力蒼勁古茂，用墨淡而不濃，且是禿筆疾書，轉折自如，無一筆不妥，無一筆凝滯，上下脈絡映帶清晰，結構穩重沉實，運筆從容，氣韻流暢，體方而筆圓，嫵媚而剛勁，為歐陽詢晚年所書，誠屬稀世之珍，被譽為「中華第一楷書」。

……

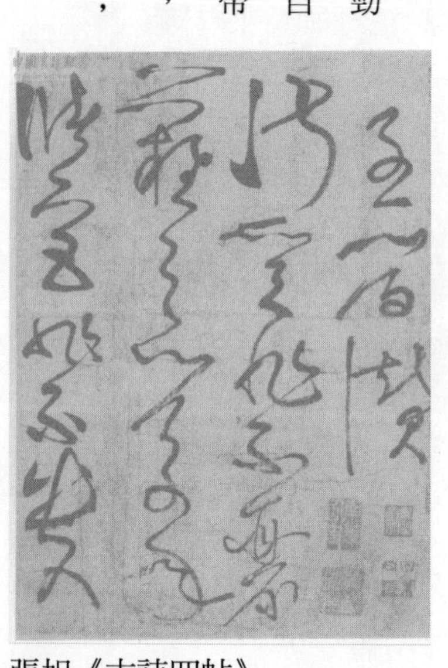

張旭《古詩四帖》

唐代張旭的書法以草書成就最高。他自己以繼承「二王」傳統為自豪，字字有法，另一方面又效法張芝草書之藝，創造出瀟灑磊落、變幻莫測的狂草，其狀驚世駭俗。

張旭的狂草代表作《古詩四帖》，共四十行，一百八十八字。它的特點是較過去更為狂放，整體氣勢如大河一瀉千里，急風驟雨，所以在草書發展史上是新突破。張旭的狂草打破了魏晉時期拘謹的草書風格。把草書在原有的基礎結構上，將上下兩字的筆畫緊密相連，所謂「連綿環繞」，有時兩個字看起來像一個字，有時一個字看起來卻像兩個字。在章法安排上，也是疏密懸殊很大。在書寫上，也一反魏晉「匆匆不及草書」四平八穩的傳統書寫速度，而採取了奔放、寫意的書寫方式。

此幅草書，通篇筆畫豐滿，絕無纖弱浮滑之筆，筆法奔放不羈，如驚電激雷，倏忽萬里，而又不離規矩。行文跌宕起伏，動靜交錯，滿紙如雲煙繚繞，實乃草書顛峰之篇。明代書法家董其昌評說：「有懸崖墜，急雨旋風之勢。」

⋯⋯⋯

唐天寶十四年，安祿山謀反，平原太守顏真卿聯絡其從兄常山太守顏杲卿起兵討伐叛軍。

⋯⋯

次年正月，叛軍史思明部攻陷常山，顏杲卿及其少子季明被捕，並先後遇害，顏氏一門被害三十餘口。唐肅宗乾元元年，顏真卿命人到河北尋訪侄子的骨骸攜歸，揮淚寫下留芳千古的祭文《祭侄稿》。

因為此稿是在極度悲憤的情緒下書寫，顧不得筆墨的工拙，故字隨書家情緒起伏，是真情實感和平時功力的自然流露。因此，其個性之鮮明，形式之獨異，都開歷史之先河。《祭侄稿》是書法創作述志、述心、表情的典型，作品中所含蘊的情感力量強烈地震撼了每個觀賞者的心，被譽為「天下第二行書」。

……

唐書法家懷素和尚為王羲之後人，擅長草書。他晚年寫了一部《自敘帖》，內容為自述寫草書的經歷和經驗，記錄了當時士大夫對他書法的品評，即當時的著名人物如顏真卿、戴敘倫等對他的草書的讚頌。此帖共一百二十六行，六百九十八字，洋洋灑灑，一氣呵成，真如龍蛇競走，激電奔雷。

在這部書帖中，懷素利用了點、線型的各種變化，以及用筆的方圓、乾濕對比和空白巧妙切割，使書法具有音樂般的節奏感，從而使觀者與書家的心聲共鳴，同悲、同喜，共同沐浴在書法的韻律之中。他的「狂草」正是古典浪漫主義書法藝術的最佳體現，《自敘帖》是他晚年草書的代表作，被譽為「天下第一草書」。

……

凡學書法的人，必須先學楷書。凡學楷書之人，必須先學歐、顏、柳、趙四體，而四體楷書的代表作是：歐陽詢書《九成宮》，顏真卿書《多寶塔》，柳公權書《玄秘塔》，趙孟頫書《壽春堂》。

柳公權的書法在唐朝極負盛名，民間更有「柳字一字值千金」的說法。他的書法結構緊湊，而且骨力秀挺，灑脫而有法度。在字的特色上，以瘦勁著稱，所寫楷書，體勢勁媚。他的書法以行書和楷書最為精妙。也由於柳公權作品獨到的特色，因此與顏真卿並稱「顏筋柳骨」。

《玄秘塔》是柳公權六十四歲時所作，共二十八行，每行五十四字。它的特點是骨力矯健，筋骨特露，剛健遒媚；結字瘦長，且大小頗有錯落，巧富變化，顧盼神飛，行間氣脈流貫，是柳公權書法中最能表現「柳骨」特色的代表作。

……

……

宋神宗元豐五年，蘇軾因「烏台詩案」被貶為黃州團練副使。當時的他，在精神上感到寂寞，鬱鬱不得志，而在生活上又窮困潦倒。因此，在被貶黃州第三年的寒食節，蘇軾做了兩首五言詩：

自我來黃州，已過三寒食。年年欲惜春，春去不容惜。今年又苦雨，兩月秋蕭瑟。臥聞海棠花，泥汙燕支雪。暗中偷負去，夜半真有力，何殊病少年，病起頭已白。

春江欲入戶，雨勢來不已。小屋如漁舟，濛濛水雲裡。空庖煮寒菜，破灶燒濕葦。那知是寒食，但見烏銜紙。君門深九重，墳墓在萬里。也擬哭途窮，死灰吹不起。

這兩首詩在蘇軾的詩詞中算不得上乘之作，但其中所渲染的沉鬱、悽愴的意境被蘇軾用書法表達出來，那淋漓多姿、意蘊豐厚的書法意象釀造出來的悲涼意境，遂使《黃州寒食詩帖》成為千古名作。這部書帖通篇書法起伏跌宕，光彩照人，氣勢奔放，而無荒率之筆。正如黃庭堅在此詩後所跋：「此書兼顏魯公，楊少師，李西台筆意，試使東坡復為之，未必及此。」

因為有諸家的稱賞讚譽，世人遂將《寒食帖》與東晉王羲之《蘭亭序》、唐代顏真卿《祭侄稿》合稱為「天下三大行書」，或單稱《寒食帖》為「天下第三行書」。有人將「天下三大行書」作對比說：《蘭亭序》是雅士超人的風格，《祭侄帖》是至哲賢達的風格，《寒食帖》是學士才子的風格。它們先後媲美，各領風騷，可以稱得上是中國書法史上行書的三塊里程碑。

……

北宋哲宗年間，湖州（浙江吳興）郡守林稀有一卷珍藏了二十多年的蜀素。蜀素乃是四川造的質地精良的絲綢織物，上織有烏絲欄，製作非常講究。由於過於名貴，無人敢在上面留下墨寶。恰巧大書法家米芾與林希交好，林希取出珍藏的蜀素卷，請米芾書寫。米芾才膽過人，當仁不讓，一口氣寫了自作的八首詩，此即為《蜀素帖》。

《蜀素帖》乃是米芾的代表作。一方面，在筆法上，此帖用筆多變，率意放縱，筆勢飛動，提按轉折挑，曲盡變化，充分表現出米芾「顛狂」的風格。另一方面，由於蜀素粗糙，書寫時需全力以

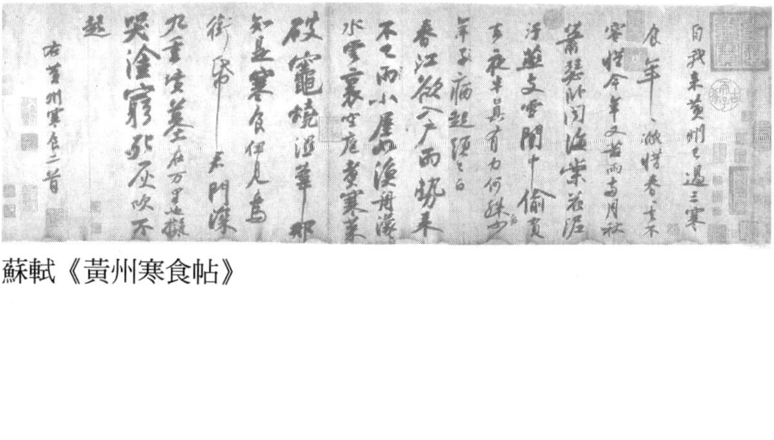

蘇軾《黃州寒食帖》

……

赴，而絲綢不易受墨，又出現了較多的枯筆，因此通篇墨色有濃有淡，順時如獅子搏兔，澀時如渴驥奔泉，組合起來更是精彩萬分。

總之，一卷名錦，一個大家，兩者結合在一起，以率意的筆法，奇詭的結體，中和的佈局，一洗晉唐以來和平簡遠的書風，創造出激越痛快、神采奕奕的意境，形成了《蜀素帖》獨具一格的章法。

……

《草書千字文》，是宋徽宗趙佶四十歲時的得意作品。它是難得一見的徽宗草書長卷，筆勢奔放流暢，變幻莫測，一氣呵

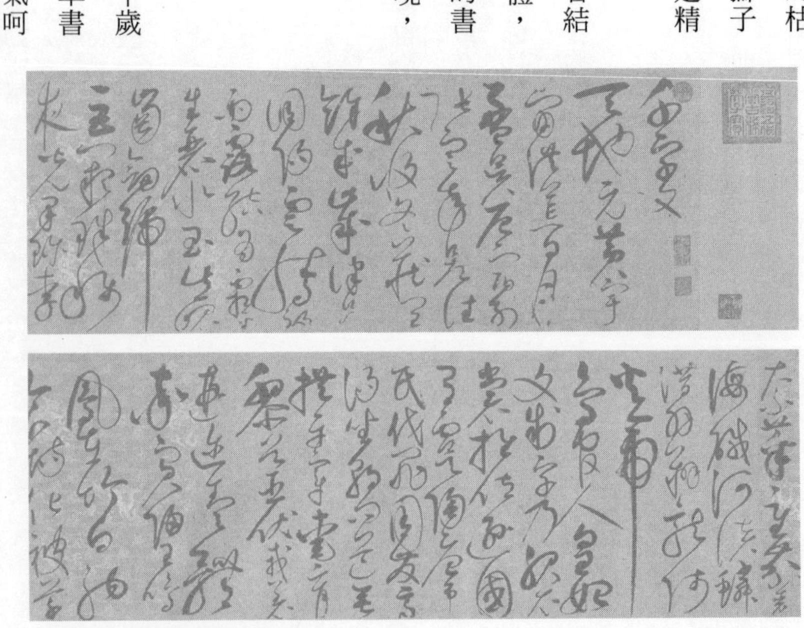

宋徽宗《草書千字文》

成。以用筆、結體的熟稔精妙乃至書寫意境而論，與張旭、懷素相比，委實伯仲難分。

這卷筆翰飛舞的墨蹟，書於全長三餘丈的整幅描金雲龍箋之上。其底文的精工圖案，是由宮中畫師就紙面一筆筆描繪而出，與徽宗的墨寶可謂相得益彰，共同成就了這篇空前絕後的曠世傑作！被譽為「天下一人絕世墨寶」。

……

元代書法宗師趙孟頫的《前後赤壁賦》又稱《赤壁二賦帖》，乃是他四十八歲時應人之約而寫就的一件行書作品。全帖共書八十一行，其中《赤壁賦》四十六行、《後赤壁賦》三十二行，署款三行。

前後兩賦雖為同時所書，但風格稍異。前賦用筆提按起伏跳動較大，筆道剛勁而略顯生澀。

祝允明《草書詩帖》

……

後賦用筆溫潤灑脫，氣定神閑，筆道沉實而稍感圓熟。通觀全帖，筆力遒勁，揮灑自如。細瘦處如畫沙印泥，沉厚處若綿中裹鐵，快捷處牽絲映帶可陸斷犀象，舒緩處雍容端莊若雅士臨風。通篇氣韻生動，神完氣足，晉唐之風，躍然紙上。

……

《草書詩帖》亦是中華傳世名帖，作者為明代書法家祝允明（即江南四大才子中的祝枝山）。祝允明性情疏放不拘禮節，放浪形骸，又好飲酒，因此他雖然隸書、楷書、行書都很擅長，但最好的還是草書。

祝允明的草書，寫得開張舒放，跌宕奇逸，筆力遒勁，點畫狼藉，看似亂其實不亂，看似散其實氣脈貫注，並不因率意而潦草，筆筆都能斷而後起，能於使轉中見點畫，故通幅視之，顯得神采奕奕，氣勢豪放，流露出一種強烈而震撼人心的韻律和節奏。

三．故事篇

書法家也是人，也會有自己的性格癖好，喜怒哀樂。然而他們之所以能成為書法家，除了天賦之外，更多的則是對書法發自內心的喜愛與沉迷。而這種喜愛與沉迷，則又衍生出許多讓人忍俊不住而又回味悠長的小故事。

王羲之辭去會稽內使的職務，全家遷移到蕺山下居住。一天早晨，王羲之看見一位老太太拿著十多把六角竹扇去集市上出賣。王羲之跟老太太閒聊，說：「這些扇子都想賣嗎？一把多少錢？」老太太說：「二十文錢一把。」王羲之拿出筆來為扇子題字，每把扇子上題寫了五個字，老太太惋惜地說：「我們全家的早飯還靠這幾把扇子賣錢買米下鍋呢，你怎麼給我寫壞了？」王羲之說：「不妨事的。你就說是王右軍題的字，賣一百文一把。」一到市上，人們都爭先恐後地搶著買。過了十多天，這個老太太又拿著一籃子扇子請王羲之題字，羲之笑笑，沒有再題。

又有人說，王羲之曾有一次親自書一表獻給晉穆帝，筆墨酣暢，書隨人意，專一求精。晉穆帝看到這份表後，命人找到同樣顏色式樣的紙，長短寬窄裁成跟王羲之的書表一樣，讓張翼效仿王羲之的書體再寫一份表，題好名款後，用它來答謝王羲之。王羲之剛看到時沒發現什麼，待反覆地仔細把玩後，感歎地說：「這是哪個無名小人仿效我的書法，簡直到了以假亂真的地步了。」

王羲之非常喜歡鵝。山陰有一位道士飼養了十多隻白鵝。王羲之清早起來，專門駕著小船沿流駛去觀看這群鵝，看了後非常高興，跟這位道士商量要買下這群鵝。道士不肯賣給他，王羲之百般解釋說明他是如何如何喜愛這群鵝，道士還是不賣。這位道士非常喜歡談道，早就想找人抄寫一部老子的《道德經》，抄寫經卷的白色細絹都早已置辦好了，但是沒有人能書寫。道士說：「你若能親自為貧道書寫老子的《道德經》各兩章，這群鵝我全都白送給你。」王羲之在道士那裡停留了半天，為道士寫了他要所的《道德經》，用籠子裝著這群白鵝回到家來，感到莫大的快樂。

還有一次，王羲之到他的一個弟子家去，弟子擺上一桌豐盛的酒菜宴請他這位老師，很讓他感動。王羲之想為這位學生書留幾個字來表示酬謝，看見地上放著一隻新做的榧木小几，表面刨得光滑

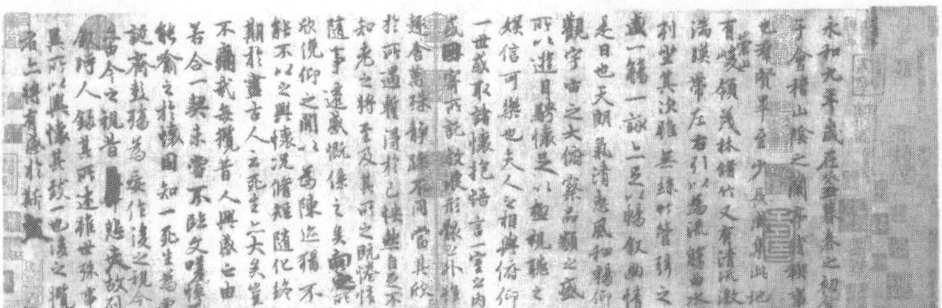

王羲之《蘭亭序》

亮。於是，他便在這只小几上題寫了幾個字，草書、正楷各相一半。寫完了，王羲之告辭歸去。這個學生送他回到郡裡，待到返回自己家中時，發現他父親已經將老師的題字都刨去了，一個字也沒留下。事情過去好多天了，這位學生還懊悔不已。

……

王羲之在會稽任內使時，他的兒子王獻之看到北館新用白土刷的牆壁，白淨可愛。於是讓人拿來掃帚，蘸著泥汁，在白牆壁上書寫一丈那麼大的一個「一」字，筆鋒蕭脫逸美，很有氣勢，天天有人來觀賞，如同鬧市。王羲之看到後，讚賞寫得漂亮，問是誰的手筆，人們告訴他是你的小兒子七郎獻之寫的。於是王羲之給親族寫信，說：「子敬的飛白大有長進，相當於他在這牆壁上寫的。」

王獻之一次遇到三件奇事。有位好事的公子，做了一個紙人，帶著它到王獻之那裡，讓王獻之在上面寫字。並說，他是特意從北面來跟他合作的。於是，王獻之在紙人上書寫了草書、正楷、飛白等各種書法。待到主體與兩袖都寫得差不多了時，這個少年覺得王獻之身邊的僕人要搶走這件紙人，拎起紙人就走。王獻之的僕人果然追趕到門外，兩方爭搶中，紙人已經撕裂，

……

這個惹事少年只搶到一隻衣袖。

吳興有一位叫羊欣的男孩，他的父親羊不疑官任烏程縣令。羊欣雖然才十五六歲，但書法已達到一定的意境。王獻之聽說後，專程到烏程縣去看看這個愛好書法的男孩。進門後，看到羊欣大白天穿一條新做的白絹裙在床上睡覺。王獻之沒有驚動他，取過筆墨，在這男孩的白絹裙上和衣帶上書寫。羊欣醒來發覺後非常高興，將它像珍寶一樣的收藏起來，後來把它進獻給朝廷。

……

過去做生意的店家一般是有招牌的，總要將自家的店號起個吉利的名字，例如什麼「廣源記」啦，「茂源記」啦，「康泰記」啦，等等。有一家商店生意不錯，擴大了門面，增添了貨物，招牌也想換個新的。可別小看這招牌，它對生意的好壞還挺有影響呢。因此，招牌一般是用好的木板做的。湊巧，有人給找來了一塊曾經用來祭神的木板，木板上寫滿了祭祀的文字。商店老闆叫人把木板上的毛筆字洗去，好寫新的內容，哪知擦洗了半天，木板上的毛筆字不僅沒有擦掉，反而更清晰了。洗不掉，就刨，木板刨了一層，筆跡依稀可見；木板刨了兩層，筆跡還能看見。人們驚訝了：這是誰寫的字，這樣深刻有力。一位懂得書法的老先生來了一看，立即驚歎得叫起來。看著他一個勁兒地拍案叫絕的樣子，在場的人都很奇怪，紛紛圍攏來看。老先生說：「這是大書法家王羲之的筆跡啊！這字如此深刻有力，真是入木三分啊！」

……

王羲之寫了《蘭亭序》之後，對自己這件作品非常滿意，曾重寫幾篇，都達不到這種境界，他曾感歎說：「此神助耳，何吾能力致。」因此，他自己也十分珍惜，把它作為傳家之寶，一直傳到他的第七代孫智永。智永少年出家，酷愛書法，死前他將《蘭亭序》傳給弟子辨才和尚。辨才和尚對書法也很有研究，他知道《蘭亭序》的價值，將它視為珍寶，藏在他臥室樑上特意鑿好的一個洞內。

唐太宗李世民喜愛書法，尤愛王羲之的字。他聽說王羲之的書法珍品《蘭亭序》在辨才和尚那裡，便多次派人去索取，可辨才和尚始終推說不知真跡下落。李世民看硬要不成，便改為智取。他派監察御史蕭翼裝扮成書生模樣，去與辨才接近，尋機取得《蘭亭序》。蕭翼對書法也很有研究，和辨才和尚談得很投機。待兩人關係密切之後，蕭翼故意拿出幾件王羲之的書法

……

作品給辨才和尚欣賞。辨才看後，不以為然地說：「真倒是真的，但不是好的，我有一本真跡倒不差。」蕭翼追問是什麼帖子，辨才神秘地告訴他是《蘭亭序》真跡。蕭翼故作不信，說此帖已失蹤。辨才從屋樑上取下真跡給蕭翼觀看，蕭翼一看，果真是《蘭亭序》真跡，隨即將其納入袖中，同時向辨才出示了唐太宗的有關「詔書」。辨才此時方知上當。

辨才失去真跡，非常難過，不久便積郁成疾，不到一年就去世了。而史書記載，李世民遺詔中曾吩咐用《蘭亭序》枕在他腦袋下邊，永世陪葬。

……

齊太祖蕭道成也是個篤好書法的人，即帝位後，書法雅興仍不減當年。建元中（西元四七九—四八二年），太祖召已是丹陽（今江蘇鎮江）尹的王僧虔來朝，提出要與他進行書法比賽。王僧虔只得從命。君臣二人各自展紙濡墨，揮毫逞興。作書完畢，太祖十分得意地問：「聯與公卿書法，誰是第一？」王僧虔不假思索地回答說：「臣書第一，陛下亦第一。」太祖心裡明白，自己的書法是不能與王僧虔匹敵的，王僧虔是否有曲意奉承之意，出如此狡黠之語。於是反問道：「第一就是第一，怎麼會有兩個第一？」王僧虔不慌不忙地說：「我的書法在所有大臣中數第一，陛下書法在歷代帝王中數第一。」經他這樣一解釋，太祖又覺得似乎不無道理，忍不住哈哈大笑起來，說：「公卿可真會說話，既不失之自信，又不得罪人！」話語中流露出對王僧虔應對機變的嘉許。君臣二人當即互贈各自所珍藏的古代名人法書精品。

……

唐太宗李世民特別喜歡書法，他常常在處理政事的空閒時間裡，潛心練習書法。當時，被譽為初唐四大書法家之一的虞世南就在宮中任職，由於他精通古今，文章書法下筆如神，因而唐太宗一向很尊敬他，也經常臨摹學習虞世南的書法。

在練習書法的過程中，唐太宗深深感到虞世南字體中「戈」字最難寫，不容易寫出其中的神采。有一次，他練習寫「戩」字，因怕寫不好有失體面，免得各位大臣看他的笑話，於是便故意將「戈」字空著不寫，而私下請虞世南代為填補。

唐太宗為了顯示自己在書法方面有所進步，便拿著幾幅作品請諫議大夫魏徵觀看，並徵求魏徵的意見說：「你看朕的字是否像虞世南學士的字？」魏徵恭恭敬敬地仔細看了一遍，始終含笑不語。這時，唐太宗有些焦急地問他：「是像還是不像，你怎麼不說話？」魏徵連忙說道：

……

「臣不敢妄加評論陛下的書法。」唐太宗說道：「你直言無妨，朕恕你無罪。」這時魏徵才奏道：「據臣看，其中只有『戩』字右半邊的『戈』旁和虞學士寫的一般無二，其餘的均相去甚遠」。唐太宗聽了這番話後後，感歎不已，深深佩服魏徵的眼力，從而也領悟學習書法來不得半點虛假，要想學有所成，必須痛下苦功。

……

唐初書法名家歐陽詢的書法在日本也有很多崇拜者。《朝日新聞》是日本較有影響的報紙，刊名就是歐陽詢「寫」的。《朝日新聞》一八八八年在日本東京創刊，歐陽詢死於六四一年，二者之間相差一千兩百年，歐陽詢如何替《朝日新聞》寫報頭呢？

原來《朝日新聞》在東京創辦時，有幾位籌備委員是當時的書法家，他們尊崇歐陽詢的書法，因此找出歐陽詢的《宗聖觀記》，從中選出「朝」「日」「聞」三個字用雙鉤法描成「填本」，但帖中沒有「新」字，他們就用「親」和「析」字分別剔除「見」和「木」，合成「新」字，就這樣四個飽滿瘦勁的《朝日新聞》四個字成報頭字就出現在全日本的眼前了。

西安碑林內有塊《大唐三藏聖教序碑》，是件隔代合寫一碑的奇事：晉代大書法家王羲之竟然寫了兩百年後的唐朝文章！不少行家驗看了碑上的每一字，確是王羲之的手筆。誦念碑文內容，也確是唐太宗為玄奘和尚撰寫的《聖教序》。

怪事自有根由，這座《大唐三藏聖教序碑》，是玄奘和尚從印度帶回的佛經，由他精心譯成後，請唐太宗作序文，再加上太子李治作述記及玄奘的謝表，通稱《大唐三藏聖教序碑》。此碑立於唐高宗咸亨三年（西元六七二年），當時朝廷要把它用晉代大書法家王羲之的字體來刻碑。長安洪福寺高僧懷仁知道此事後，感到是佛教界的光榮，因此，下決心承擔此任。懷仁和尚到處尋覓，終於按序文的內容把王羲之的字一個一個地搜集起來，成了這塊王羲之字體的《大唐三藏聖教序碑》。

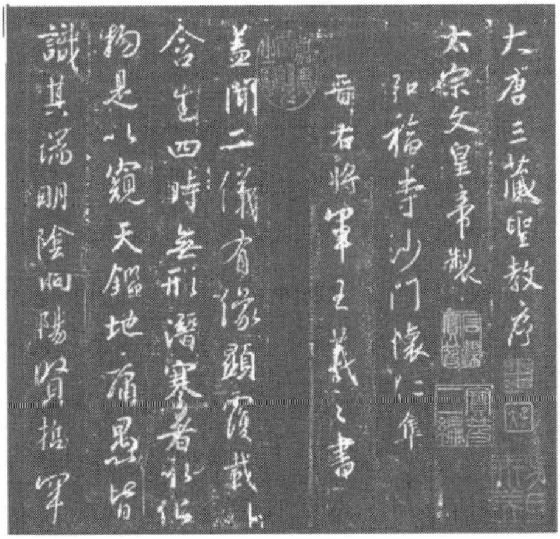

千金帖

傳說懷仁在集字過程中，有幾個字怎麼也找不到，不得已奏請朝廷貼出告示，誰獻出碑文中急需的一個字，賞一千金。這就是「一字千金」的來由，也是文壇上的佳話。後人把此碑的拓本稱作《千金帖》。

……

唐朝張旭擔任蘇州常熟尉沒有幾天，就有位老先生經常來告狀。張旭很生氣，罵道：「你怎麼敢屢次拿一些小事來騷擾我？」老先生說：「我其實真的不是想來告狀，只是看到您的書法很好，想拿您的判詞回去珍藏而已。」張旭聽了，哈哈大笑。

……

宋朝蘇東坡詩、詞、書、畫皆名滿天下，他的親筆作品只要拿到街市上去，立刻就能換來鉅款。他有一至交好友頗為憊懶，常拿一些小事來麻煩蘇東坡題字簽名，然後立刻拿去換酒喝。蘇東坡最初不知道，後來才發現好友的「鬼蜮技倆」。

一天，好友又派僕人為某件小事來拜見蘇東坡，蘇東坡並未如往常那樣親筆寫文，而只是口頭作答。那僕人不肯離去，非要拿到蘇東坡的親筆書信才甘休。蘇東坡大笑，對僕人說：「回去告訴你的主人，今日蘇軾要讓他沒有酒喝了。」

……

宋代著名畫家米芾小時家境不富裕，花學費在私塾學寫字三年亦長進不大。一日，他聽說有位路過村裡的趕考秀才字寫得好就去請教。秀才翻看了米芾的臨帖後說：「想要跟我學寫字，有個條件，得買我的紙，可紙貴，五兩紋銀一張。」米芾心想哪有這樣貴的紙，但出於學字心切，米芾一咬牙借來銀子交給秀才。秀才遞給他一張紙說：「回去好好寫，三天後拿給我看。」回到家，米芾捧著這張用五兩銀子買來的紙，左看右看也不敢輕易使用。於是對照字帖，用沒蘸墨水的筆在書案上劃來劃去，反反覆

王羲之《大道帖》（米芾摹本）

……

覆地琢磨，把一個一個的字印在心裡。三天後，秀才來了，見米芾正坐在桌前，手握著筆，望著字帖出神呢，紙上竟滴墨未沾。便故作驚訝地問：「怎麼還沒寫？」米芾如夢方醒，才想到三天期限已到，喃喃地說：「我怕弄廢了紙。」秀才哈哈大笑，用扇子指著紙說：「好了，琢磨三天了，寫個字給我看看吧！」米芾抬筆寫了個「永」字。秀才一看，字寫的遒勁瀟灑，便故意問道：「你為什麼三年學業不進，三天卻能突飛猛進呢？」米芾想了想說：「因為這張紙貴，不敢像以前那樣隨便寫來，而是先用心把字琢磨透了再寫。」「對！」秀才說，「學字不光是動筆，還要動心，不但要觀其形，更要悟其神，心領神會，才能寫好。」說完，揮筆在「永」字後面添了七個字：（永）志不忘，紋銀五兩。又從懷裡掏出那五兩銀子還給米芾，頭也不回地走了。

……

宋代有四大書法家最為有名，即蘇、黃、米、蔡四家。蘇是蘇軾，黃是黃庭堅，米是米芾，這都無可非議，可「蔡」呢？有人說是蔡京，也有人說是蔡襄，到底是誰呢？說法不一。

最通常的說法是，本來這個蔡是蔡京，人們雖然承認他的書法造詣，可特別憎惡他的人品，所以人們不願意承認他的書法家地位。在宋哲宗元佑年間，他為了排除異己，把司馬光等人稱作「奸黨」，在文章中寫下他們的「罪狀」，並刻成碑立在全國。當時有許多石匠拒絕刻這個碑，結果都被砍頭處死。等到蔡京一死，人們馬上把那座「元佑黨人碑」砸個粉碎。人們還把他和當時把持朝政的高俅、童貫、楊戩，並稱為「四大奸臣」。

蔡京人品極壞，人們怎能容忍他在「四大書法家」的行列之中？所以就把他開除了。可「蘇黃米蔡」又說順口了，就讓蔡襄取而代之。

蔡襄善於學習先人精華，又特別刻苦努力，書法很有特色。所以人們認為他應該排在「四家」之首，不應該受蔡京的連累排在最後。

蔡襄不僅書法造詣很高，而且人品極好。他在朝為官時，敢於直言，連一些權臣都怕他三分。他在福建泉州做官時，修建了後來非常著名的洛陽橋，又修建了七里的林蔭大道，受到當地百姓所愛戴。

由此看來，人品比書品更重要，如果一個人只會寫好字，不會做好事，百姓一定會唾棄他，即使在書壇上也不會給他留下一個小小的地位。

《蘭亭序》不管是拓本或摹本，自古以來書家都十分喜愛。元朝的趙孟頫更是酷愛如命。他曾經買到好的「蘭亭古拓本」，非常欣喜，乘著船連夜趕回家。不料快到岸時，逢大風浪，船翻覆了，幸好他立於淺水的地方。行李都不見了，他卻手持他的「蘭亭古拓本」，向別人說「蘭亭在這裡，其他東西都不見了，我不介意」。事後題了八字於卷首：「性命可輕，至寶是保。」喜愛《蘭亭序》到這種地步，真是書壇趣談。後來的人於是稱他的蘭亭拓本為「落水蘭亭」。

……

清朝劉墉書法，敢於突破傳統寫法，自成一家，別具一格，受到當時一些保守書法家的指責，翁方綱就是其中一個。

翁方綱有一個女婿是

劉墉書法

劉墉的學生。有一次，這個學生去看望岳父，正碰上翁方綱在練字，寫的還是他練了一輩子的字體，一筆一畫都完全按古人的要求，不改動一筆。這個學生因為受到老師劉墉的影響，對老岳父墨守成規看不慣，就拐彎抹角地說：「岳父，您和我的老師都是當代的大書法家，我從來沒有聽您評論我的老師的書法。您今天給我談談吧！」翁方綱放下筆，看了看他的女婿，說：「你回去問你的老師，他寫的字哪一筆是古人的？」

這個學生真的回去問劉墉。劉墉笑了笑說：「你回去也問你的岳父，他寫的字哪一筆是他自己的？」

這互相間的問話，反映了他們對待書法藝術的不同見解，一個守舊，一個創新。後來這個故事成了書法史上的佳話。

據說劉墉握筆的姿勢也是很奇特的。他在客人面前寫字的時候，筆正腕端，採用傳統的握筆方法。但是，他自己在內室書房寫字的時候，就不論寫大字寫小字，都轉動筆管，飛快地書寫。筆隨手指前後左右旋翻飛動，像獅子滾繡球一樣。他寫得興奮的時候，甚至筆管脫手飛落到地上。可惜，這種方法沒有傳下來。

劉墉書法非常有名，但他極為自重，很少贈送別人書法作品。因此，許多人為了得到劉墉的親筆書法而煞費苦心。

一位元同僚屢次向劉墉索求書法作品而不可得之後，有一次，想出了一個怪招。當劉墉在衙門坐班的時候，這位同僚就派僕人給劉墉送上水果點心之類的零食，以表自己的同僚情義。劉墉重視禮節，每次都親筆寫感謝信，結果一年下來，劉墉水果點心吃了不少，感謝信也寫了不少。到了年末，劉墉覺得再不給這位同僚寫上一幅書法就實在是過意不去了，於是親自去向對方表達這個意思。沒想到那同僚哈哈大笑，說不用了不用了，我已經有了很多了。他拿出一個冊子，裡面全是劉墉的書法作品。原來這一年來劉墉寫的感謝信，竟然被他收集成冊了。

……

杭州有位鹽商，願意花高價向鄭板橋索求墨寶。鄭板橋不願意和這些追逐銅臭的人打交道，說什麼也不肯答應。鹽商沒有辦法，只好怏怏而去。

過了幾天，鄭板橋外出遊玩，在城外見到一座頗富田園風味的農莊，莊主姓程，也是位頗有才學的讀書人。猶其可貴的是，這位程莊主家裡竟然還收藏著諸多書法名家的作品。鄭板橋見了大喜，再也挪不動腳步。程莊主極為好客，一邊備下酒席，一邊拿出那些名家作品來與鄭板橋品評鑒賞。這下可就合了鄭板橋的心意，他在那農莊裡流連忘返了好幾天，酒醉心喜之下筆思泉湧，留下無數書畫作品。

又過了一段日子，鄭板橋忽然聽說杭州那位鹽商手中出現了很多他的親筆書畫作品，大為驚訝，跑去一看，原來竟然就是他在那位程莊主那裡留下來的。這個時候鄭板橋才明白這是一個套，那個所謂的程莊主，只是那個鹽商雇來的托兒[2]而已。

……

1——袁術，字公路，汝南汝陽（今河南商水）人。東漢末年三國時代初期的割據軍閥，出身於官宦名門，袁紹之弟，趁亂世稱天子，卻得不到支持，最終屢次兵敗後吐血而死。

2——指從旁誘人受騙上當的人。

第六章　**趣聞**　漢字野史雜談之趣

趣聞

中華民族從古至今，頗多文人墨客，亦頗多趣聞軼事，它們或來自於典籍，或來自於民間。這些趣聞詼諧多智、妙趣橫生、出奇制勝，讀來不僅有助於啟發我們靈機應變之智力，亦能增廣人文修養。

趣聞軼事多不見於正史典籍，而多流傳於稗官野史、口頭民間之中。然而趣聞之所以能夠廣泛流傳，獲得廣大老百姓的喜愛，就在於它或諷或喻，或詼或謔，將原本是正史典籍中已經臉譜化了的人物，還原成現實生活中活生生的形象；將廟堂上高高在上的泥胎土偶，轉換成我們身邊的張三李四。

歷史是一種有選擇的記憶，典籍記載的未必是真，野史流傳的也未必是假。廟堂有一部所謂的正史，民間百姓也有自己的歷史。三教九流，世相百態，奇人異士，妙趣橫生，諸多詼諧多智乃至荒誕離奇之事，若能贏得會心一笑，便足矣。

一．應答篇

語言，乃是文字的口頭表達方式。幽默、精妙的語言不僅是一種應對技巧，更是一門藝術。無論是用來調節氣氛，又或者表達自己的主張，勸說別人改變觀點，乃至應付對手的指責刁難，都需要巧妙地運用文字技巧。

吳國使臣張溫應聘入蜀，蜀漢百官齊集，準備相迎，只有秦宓最後到達。張溫問諸葛亮：「這是何人？」諸葛亮回答：「這是學士秦宓。」張溫便問秦宓：「君還在學習嗎？」秦宓回答說：「蜀中五尺童子都在學習，我還用問嗎？」

張溫於是問：「天有頭嗎？」

秦宓說：「有頭，在西方。《詩經》說『乃眷西顧』。」

張溫又問：「天有耳嗎？」

秦宓說：「有耳。天在高處，故能聽到低處之聲。《詩經》說『鶴鳴九皋，聲聞於天』。」

張溫又問：「天有足嗎？」

秦宓說：「有。《詩經》說『天步為艱』，要是無足，怎能行步？」

……

張溫又問：「天有姓嗎？」
秦宓說：「有姓。」
張溫問：「何姓？」
秦宓說：「姓劉。」
張溫問：「何以知之？」
秦宓說：「因為天子姓劉，所以知之。」
張溫又問：「太陽生於東方嗎？」
秦宓說：「雖生於東邊，其實卻落在西邊。」
秦宓對答如流，在座的人都驚歎佩服。

……

齊高祖高歡曾於佛教大齋日設聚會，當時有一高僧大德法師在會上講經，與會者對佛經有疑滯者，都當場提問，法師當場解答，引經據典，言議深奧。有個叫石動筩的優人（即宮廷小丑）向法師提問：「且問一個小問題，佛常騎什麼？」

法師答道：「或坐千葉蓮花，或乘六牙白象。」

動筩說：「法師全不讀佛經，竟連佛所乘騎之物都不知道？」

法師馬上反問道：「施主讀佛經，你說佛騎什麼？」

動筩回答：「佛騎牛。」

佛教世尊圖

法師問：「有何根據？」

動筩答道：「佛經上說『世尊甚奇特』，『特』不就是小牛的意思嗎？」（「特」在古語中為「小牛」的意思，「奇特」諧音即為「騎特」，就成了「騎小牛」。）

在座者聽了此言，皆哄堂大笑。

……

北齊高祖曾讀《文遜》，讀到晉人郭璞的《遊仙詩》，連連歎息稱妙。優人石動筩見狀說：

……

「這詩有什麼好？若讓臣作，能勝他一倍。」

高祖聽了不高興，說：「你是什麼人？竟誇口作詩能勝郭璞一倍，豈不該死。」石動筩馬上說：「您現在就讓我作，如果不能勝他一倍，臣甘心受死。」

高祖即令石動筩作詩，石動筩說：「郭璞的《遊仙詩》說『青溪千餘仞，中有一道士。』我作的是『青溪二千仞，中有二道士。』豈不勝他一倍？」

高祖放聲大笑。

……

唐賈嘉隱七歲的時候，被世人稱為神童，獲皇上召見。當時太尉長孫無忌與司空李積都在。李積逗小神童道：「我靠著的是什麼樹？」小神童回答說：「松樹。」李積說：「這是槐樹，怎麼能說是松樹？」小神童道：「公旁邊配木，自然是松樹（李積被封為英公）。」長孫無忌於是也問：「我靠著的是什麼樹？」小神童回答：「槐樹。」長孫無忌道：「我們倆靠著的都是同一棵樹你怎麼前後不一啊！」小神童回答說：「我沒有前後不一啊！不過是因為鬼旁邊配木罷了（即稱長孫無忌為鬼）。」李積笑著稱讚：「這小子怎麼這麼聰明？」

……

唐咸通年間，雜耍藝人李可及滑稽而善開玩笑。雖然有點荒唐，但他的乖巧機敏也是不可多得的。

曾有一回延慶節時，道士和尚講論完畢後，接著要演雜戲，李可及便穿戴上大袍寬頻，整理衣裝後升座，自稱對儒、佛、道三教無所不知曉。

有一位坐著的人問道：「你既然說通曉三教，那請問釋迦如來是什麼人？」

李可及說：「是婦人。」

提問的驚奇道：「什麼？」

李可及道：「《金剛經》在談到釋迦如來時說『敷座而座』（夫坐兒坐），如果不是婦人，那為什麼不厭其煩地講夫坐然後兒坐呢？」

眾人聽了大樂。

那人又問：「太上老君是什麼人？」

李可及道：「也是婦人。」

提問的更加不明白。李可及於是說道：「《道德經》上引過太上老君的話，『吾有大患，

……

為吾有身（有身，指懷孕）。及吾無身，吾有何患？』倘若太上老君不是婦人，怎麼會懷有身孕呢？」

眾人聽了哄堂大笑。

那人又問：「文宣王（孔子）是什麼人？」

李可及說：「婦人。」

那人道：「他怎麼會是女人？」

李可及道：「《論語》記載著文宣王的話呀，『沽之哉，沽之哉，我待價（嫁）者也。』如果不是婦人，為什麼要等待出嫁呢？」

眾人聽了，頓時個個都笑得喘不過氣來，一起稱妙。

……

明成祖朱棣曾與才子解縉一起出遊，朱棣登橋後問解縉說，此當作何解釋？解縉答道：「這叫步步登高。」下橋以後，朱棣又問，解縉回答說：「這叫後面更比前面高。」

……

乾隆南巡至鎮江，金山寺方丈某陪駕。乾隆見江上舟楫往來如梭，戲問道：「你知有舟多少艘？」方丈從容回答：「兩艘。」乾隆道：「如此帆檣林立只兩艘？」方丈道：「我見一艘為名，一艘為利，名利外無有舟。」乾隆大笑。後見岸邊有賣竹籃的，問此物何用，方丈回答藏東西用。乾隆問：「東西可藏，南北豈不可藏乎？」方丈回答：「東方甲乙木，西方庚辛金，木類金類之物，籃中可以藏之。南方丙丁屬火，北方壬癸屬水，竹籃決不可以藏水火也。」

……

有一次，和珅與紀曉嵐在花園飲酒，當時紀曉嵐官居侍郎，和珅官居尚書。突然有隻狗從旁邊跑過。和珅故意問：「是狼（侍郎）是狗？」然後得意地盯著紀曉嵐，看看他有何反應，紀曉嵐不動聲色隨口答道：「垂尾是狼，上豎（尚書）是狗。」

……

……

清代縣官吳棠得罪了上司，吳便請顯宦在中間作一次人情說客。顯宦允其所請，便於酒會中有意行令曰：「有水也是清，沒水也是青，去水加心變成情，不看金面看佛面，不看魚情看水情。」顯宦這是和事佬之口吻，且情意懇切，望求和解。誰料這位上司不給面子，也以酒令譏諷曰：「有水也是湘，沒水也是相，去水加雨變成霜，各人自掃門前雪，莫管他人瓦上霜！」此為拒絕之意，是讓他少管閒事。

吳棠見事已如此，知無妥協餘地，也就毫無顧忌，借著酒興憤然曰：「有水也是淇，沒水也是其，去水加欠變成欺，龍遊淺水遭蝦戲，虎落平陽被犬欺！」上司睹此，怒不可遏，旋即上疏彈劾吳棠。不料事與願違，慈禧太后念及吳棠當初在她選妃入宮時的功勞，瞭解得知吳棠受了委屈不降反升。

……

從前有個才子，博學多識，詼諧幽默，但他有個毛病，就是特別愛午睡，常常一個下午都在睡眠中度過。有一次，他的好朋友實在看不過他這懶散毛病，故意問他「宰予晝寢」一句怎麼解釋。此句出自《論語》，是說孔子的學生宰予大白天睡覺，孔子很生氣，罵他「朽木不可雕也」。好朋友是借此來諷刺這個才子，沒料到才子看了他一眼，打個呵欠道：「這話還不容易理解。宰，就是殺；予，就是我；晝，就是中午；寢，就是睡覺。宰予晝寢，就是殺了我也要午睡。」說完繼續呼呼大睡。好朋友哭笑不得，無可奈何。

……

有個人胸無點墨，卻喜歡賣弄「學問」。一天，他去參加宴會，在議論「善有善報惡有惡報」時，又高談闊論起來：「孔子是大聖人，當然也是大善人。善有善報嘛，所以子孫中多了個多謀善斷的孔明……」

旁邊人聽了哈哈大笑，有個人故意湊趣道：「說的是啊。依我看，惡有惡報，最靈驗的要算秦始皇了，不然，他的子孫秦檜怎麼會遺臭萬年呢！」

……

從前有個道士，專會給人算命，據說十分靈驗，名氣很大。有一天，有三個進京趕考的考

……

生，聽說了道士的名聲之後，特意來到道士這裡問前程，想知道誰會考中。道士冥思苦想半天，在紙上寫下一個「一」字。考生們不解其意，求道士說明。道士拿起拂塵一揮，說道：「去罷，到時自然明白。此乃天機，不可明言。」三個考生只好怏怏地走了。

考生走了之後，小道童好奇地過來問：「師父，他們到底有幾個能中？」

道士說：「中幾個都說到了。」

「你這個『一』字是什麼意思？是一個中？」

「對！」

「要是中了兩個呢？」

「那就是有一個不中。」

「要是三個都中了呢？」

「那就是一起中。」

「要是三個都不中呢？」

「那就是一起都不中。」

小道士恍然大悟：「原來這就是『天機』啊！」

……

從前有個讀書人進京趕考，僕人挑著行李一路跟著他。正走著，忽然一陣大風把擔子上的頭巾刮掉了，僕人慌忙喊道：「帽落地了，帽落地了。」

進京趕考，考中稱「及第」，考試沒中稱「落第」。這個讀書人聽僕人喊「落地」就聯想到「落第」，以為很不吉利，於是他告誡僕人說：「今後再掉落什麼東西，都不要說落第，要說成『及地』（第）。」

僕人趕緊回答說：「知道了。」邊說邊把擔子上的行李捆得更緊一些，然後蠻有信心地道：「放心吧。如今就是走上天去，也不會及地（第）了。」

……

某縣令，失禮於新知府，屢次拜見，知府都不肯見他。縣令心生一計，將自己鄉試、會試的文章仿照知府鄉試、會試的文章修改一遍，從破題到結尾，沒有一句不像的。然後又找了幾個人說情。知府不得已接見他，態度很不好。縣令一見就說：「大老爺您是卑職的恩師啊。」

……

知府說：「你我南轅北轍，從未有過來往，怎麼如此稱呼？」縣令說：「卑職當年心念功名，見大老爺高中，寫的文章戛金敲玉，空前絕後。我因而晝夜揣摩您的文章，無一處不模仿，才得以中科舉。你我雖然相隔萬里，但有了您文章的參照，實在是我的萬幸啊。」於是將知府鄉試、會試的文章朗誦一遍，又將自己鄉試、會試的文章朗誦一遍，說道：「如果不是大老爺您，我怎麼能中科舉？」說完放聲大哭。知府不覺大喜，將他視為知己。這是因為知府文人氣息未脫，而縣令也善於逢迎的緣故。

……

相傳某布政使請按察使喝酒，酒過數巡之後，布政使說自己的兒子很多，為此很憂慮。按察使又說自己只有一個兒子，也憂慮不安。有一小吏在旁邊安慰說：「兒子只要成器，不在乎多少。」布政使聽到後，問道：「我的兒子很多，你又怎麼說呢？」小吏回答說：「兒子只要成器，再多也不發愁。」二人聽了都極力稱讚，請他一塊來飲酒。

……

某人宴客，出一酒令，議定原則為，由一言聯起挨次遞加，至十一字為止。主人起令曰「雨」，首座應曰「風」，次曰「花雨」，三曰「酒風」，四曰「飛花雨」，五曰「發酒瘋」，六曰「點點飛花雨」，七曰「回回發酒瘋」，八曰「簷前點點飛花雨」，九曰「席上回回發酒瘋」。主人曰「皇上有道，簷前點點飛花雨」，末座應曰「祖宗無德，席上回回發酒瘋。」主人笑曰：「你將祖宗也抬出來行令，真是現身說法，出奇可制勝啊。」

二・點睛篇

古人有所謂「一字之師」。同樣的含義，用不同的語句表達出來，哪怕僅僅只改動一個字，其意境之深遠、語言之優美，不啻天壤之別。

宋人胡旦文辭敏麗，為當時人所推崇。他晚年得了眼病，在家裡閒居。有一天，史官們打算為一個貴人作傳。這個貴人年輕的時候身份卑微，做過殺豬的屠夫。史官以為隱瞞這件事情不符合史筆直書的精神，寫下來又不知道該怎麼措辭，就一起來請教胡旦。胡旦說：「怎麼不寫『某少嘗操刀以割，示有宰天下之志？』」大家聽了莫不嘆服。

……

這是北宋一個幽默故事。米芾，字元章，號鹿門居士、襄陽漫士、海嶽外史，人稱米南官。他以書畫聞名於世，為北宋書法四大家之一。宋神宗時，他曾經出任雍丘縣（今河南杞縣）令。有一年，他所在的地區蝗蟲大起，百姓很憂慮。鄰縣的官吏採取焚燒土埋等法，仍不見效，蝗蟲依舊滋蔓。有人對縣官說：「我縣蝗蟲都是雍丘縣驅趕而來。因此無法捕除。」鄰縣的縣官發一公文給雍丘縣，指責雍丘，並要求米芾捕打自己境內的蝗蟲，以免滋擾鄰縣。當時，米芾正在宴請客人，見公文後大笑，取筆大書其後云：「蝗蟲原是飛空物，天遣來為百姓災。本縣若還驅得去，貴司卻請打回來。」人們聞聽此事與米芾詩，都笑得合不攏嘴。

米芾拜石

……

大多數詩人都很敬重得道的高僧。唐朝詩人李涉就非常喜歡入寺請教高僧。有一次，他在暮春時節到鎮江郊外登山，路過鶴林寺，於是就進寺與高僧談禪悟道，深感自己受益匪淺，於是就寫了一首詩：「終日昏昏睡夢間，忽聞春盡強登山。因過竹院逢僧話，又得浮生半日閑。」

元代詩人莫子山也很喜歡與高僧談禪說道。一次外出來到一間古寺，於是就進去想與高僧參禪悟道。可惜他碰到的卻是一個滿身銅臭的庸僧。庸僧要他「佈施」，還要他題詩留念。莫子山十分厭煩庸僧的死活糾纏，忽然他靈機一動，將李涉的詩顛倒了一下寫下來給了那個庸僧。他改動以後的詩表達了自己出來登山遇到庸僧後，無奈的心情。詩為：「又得浮生半日閑，忽聞春盡強登山。因過竹院逢僧話，終日昏昏睡夢間。」雖然只是將李涉的詩顛倒了一下，卻很好地表達出了自己的窘態和庸僧的俗氣。

……

明朝時期，對於禮教的要求非常嚴格。比如女子出嫁之後，即使丈夫去世了，也要堅決守寡不可再嫁，否則就會被視為不貞不節。

有一個李姓少婦，年紀輕輕就死了丈夫。她想改嫁，遭到公公和小叔子的反對。這個既聰

……

明又有勇氣的女子，不顧公公和快長成人的小叔子的阻攔，決意改嫁。於是，找縣官告狀。她得知縣官大人素來反對繁瑣的文章，便冥思苦想，寫了十六個字：「夫亡妻少，翁壯叔大，瓜田李下，當嫁不嫁？」（公公正當壯年，小叔子年紀也大了，為了避免別人說閒話，我到底該不該改嫁？）

平時，縣官接到這類訴訟狀子都是不當一回事，但是，看過這個少婦寫的狀子之後，頓覺耳目一新，當即揮筆批下三個字：「嫁！嫁！嫁！」（瓜田李下是一個成語，意思是路過瓜地不要彎腰提鞋子，站在李子樹下，不要去整理帽子，避免摘瓜摘李子的嫌疑。後來，人們用它來比喻形容易引起嫌疑的地方。）

據說明朝徐文長一次訪友做客，由於天氣陰雨羈留了幾日，友婦便攛掇友人在徐文長的床頭書了「下雨天留客天留我不留」的文字。徐文長進房瞥見，便明白了友人是在下逐客令。但如果立時滾蛋，雖合情理，卻未免尷尬。於是大聲念道：「下雨天，留客天，留我不？留。」繼而說：「既然朋友如此盛情，速去不恭，我就再住幾日吧！」原來當時標點尚未產生，文字要靠讀者自己斷句。徐文長避開兩句五言詩的斷法，別出心裁地以散文讀之，使友人逐客之意變成了留客之意，讓其搬石自砸，弄巧成拙。這種幽默戲耍顯示出徐文長敏捷的心智，其天才可見一斑。

······

相傳，有一個庸醫，醫道拙劣，常出事故，曾誤診紀曉嵐好幾次，紀曉嵐對他十分不滿。這醫生偏偏再三來請求紀曉嵐的「墨寶」，其用意當然是相借紀曉嵐的名望地位來抬高自己的身價。

紀曉嵐一時卻不過情面，只好替他寫了一塊匾額「明遠堂」。醫生看這字面很漂亮，就高高興興而去。旁人不解紀曉嵐題這三字究竟什麼用意，他解釋說：「經書上不是有『不行焉，可謂明也已矣』和『不行焉，可謂遠也已矣』的句子嗎？像這樣的醫生，只好說他『不行』。」聽的人為之啞然。於是又問他：「假如這醫生再來糾纏不休，定要配幅對聯，你打算怎樣？」

紀曉嵐回答說，早已想好了兩幅對聯，一幅五言的，是把孟浩然一首五言律詩裡的「不才明主棄，多病故人疏」兩句變換兩個字，成為「不明財主棄，多故病人疏」（上聯中的「不明」是指醫道不高明，「財主」就是借求醫的病家，下聯中的「故」字解釋為「事故」）；另一幅七言對聯，上聯是用杜甫《兵車行》詩裡的現成句子「新鬼煩冤舊鬼哭」，下聯是用李商隱《馬嵬》詩裡的現成句子「他生未卜此生休」。

想來這兩幅對聯後來是不會寫出去的，但就其對仗而言，就可以說是天衣無縫，而且引人

······

發笑。

⋯⋯

從前有一個富翁為富不仁，家財萬貫卻又特別地吝嗇刻薄。特別是對請來的私塾先生，更是特別吝嗇。所以，凡是他請的私塾先生，沒有哪一個能幹久的。幹不了幾天，私塾先生實在是吃不下那個沒有一點油味的青菜蘿蔔，只好搖著頭卷起鋪蓋卷走人。

有一個窮教書先生，聰明機智，聽說這個富翁的事後，想去鬥他一鬥。於是，有一天，當他聽說富翁家裡的私塾先生又走人以後，便來到富翁家裡，要求給他的兒子當先生。富翁當然滿口答應。不過，教書先生說，有話說在前頭，要求跟富翁立一字據，以免今後鬧出不愉快的事。一邊說著，一邊就拿出了一份字據。只見上面寫道：「無雞鴨亦可無魚肉亦可唯青菜豆腐不可少不得學費」。富翁一看非常高興，馬上簽字畫押。

於是，富翁每頓給先生的都是水煮青菜蘿蔔。可是，沒過幾天，教書先生便在吃飯時提意見了。富翁於是不滿地說：「不是說過嗎，『無雞鴨亦可，無魚肉亦可，唯青菜豆腐不可少，不得學費』？」教書先生笑了笑說：「哪裡是這樣說的？我不是明明寫的是『無雞，鴨亦可；

無魚，肉亦可；唯青菜豆腐不可；少不得學費』嗎？」富翁這下傻了眼。

……

某人在別人的婚禮上送了一塊橫匾作為賀禮，上書「北比臼舅」四字，旁人皆不解其意。那人解釋說：「北字正如兩人互不相識背靠背的樣子；比字是一個向另一個開展追求的樣子；臼字是兩人面對面互相傾談的樣子；舅字是兩人合作生下一男的樣子。」眾人聽了，大聲叫絕。

……

從前有一個姓張的財主，妻子只生了一個女兒。女兒長大之後，就把某甲招贅於家。幾年以後，張財主的妾生下一個兒子，取名叫一飛。

一飛長到四歲時，張財主病逝，臨死前對女婿說：「妾生的兒子是不能繼承家產的，我決定把家產留給你們。但你們要養活他們母子二人，不要讓他們衣食無著，這就是你們的功德了。」接著，他就寫了一封遺囑：「張一非吾子也，家財盡與女婿，外人不得爭奪。」女婿拿

……

到遺囑之後，心安理得，有恃無恐，對張一飛母子二人十分不好。

張一飛長大之後，忍受不了姐夫的欺淩，於是告上官府，要求繼承家產。但女婿拿出遺囑來呈給官府，官府看到之後，便對此事置之不理。後來，朝廷派使者來巡察，張一飛又去告狀。使者詢問了張一飛的姓名，又對著遺囑思考了半天，歎息說：「這位老先生真是智者啊。」他變換句讀，變成以下文字：「張一非，吾子也，家產盡與，女婿外人，不得爭奪。」接著又對女婿說：「你岳父分明說『女婿外人』，你還敢霸佔他的家產嗎？他有意將遺囑中的『飛』字誤寫成『非』字，就是怕兒子年幼，被你陷害了。」

說完，就把家產判給了張一飛，眾人都為此拍手稱快。

……

古代科舉考試，為了防止「槍手」入場冒名替考，對參加考試的人員要嚴加盤查以「驗明正身」。但古代沒有照相技術，所以沒有今天帶照片的身份證件，只是有一個簡介相貌特徵證明信件。

據說有一年一個舉子進京參加會試。其相貌特徵證明信有「面白微鬚」一項，入場接受盤查時考官發現此人留著小鬍子。認為相貌不符，就詰問道：「『微』者，無也，『微鬚』即沒有鬍鬚也。你明明留有鬍鬚，何云無鬚？」這位舉子慢條斯理地答曰：「《論語》有云『孔子微服過宋』，以閣下理解，孔子不穿衣服通過宋國，成何體統！」考官啞然。

……

老記者徐鑄成在他的《舊聞雜憶》中引過一個例子：中國大陸解放戰爭初期，人民解放軍兵臨長春城下，敵軍岌岌可危，但還一個勁地宣稱「要忠於校長！（此指蔣介石）」，高喊「黃埔精神不死！」當時的香港《文匯報》對此發表了一篇短評，將這個口號一字不易地抄下來做題目，中間只加了兩個標點符號：「黃埔精神，不死？」一針見血地揭露了敵軍色厲內荏的本質。果然，在短評見報那天，長春便宣告和平解放！

……

于右任先生的書法很有名氣，平日輕易不書贈別人。有一次，一位附庸風雅者死纏著他，

……

在無法推辭的情況下，于先生揮毫疾書「不可隨處小便」六個大字。他滿以為這句不雅的話，得之無用，難道還能公開張掛麼？過了幾天，那求書者卻喜滋滋地來訪于先生。說：「蒙先生賜我座右銘一幅，不勝感謝！」隨手將手中的字幅抖開，只見上面是于右任親筆書寫的六個大字：「小處不可隨便」，確是一句精警的格言。

……

陳賡大將是黃埔軍校一期生，「黃埔三傑」之一，第二次北伐戰爭時曾在戰場上救過蔣介石性命，是蔣介石最為喜歡的學生之一。第一次國共合作破裂之後，一九三三年三月陳賡在上海被捕，由上海解往南昌。當時正在南昌指揮第四次「圍剿」的蔣介石親自用高官厚祿進行勸降，遭陳賡嚴詞拒絕。蔣介石對陳賡真是又愛又恨，又無可奈何。當部下詢問該如何處置陳賡時，他再三猶豫，還是發出了「情有可原，罪無可恕」八個字的電報，意思是對陳賡處以極刑。然而沒有想到的是，當時接收電報的是賀衷寒（一說為另外一名黃埔生）。此人亦是「黃埔三傑」之一，雖然是個頑固的反共分子，但對黃埔同學卻還保留著一份情意。他收到電報之後，猶豫半晌，將詞句換了個順序，變為「罪無可恕，情有可原」八字。字雖一樣，意思卻已大為不同。陳賡大將因此暫時保住了性命。後來經中共和宋慶齡等民主人士營救，再加上蔣介石本人亦猶豫不決，陳賡大將終於被解救出來。

僅僅只是語句換了個順序，就解救了一位開國元勳的生命。文字之力量，可見一斑。

……

郭沫若的夫人于立群，是一位頗有造詣的書法家。一次，于立群想用隸書錄毛澤東主席的《浣溪沙．和柳亞子先生》詞「萬方樂奏有於闐」一句，誰知不慎把前三字寫成了「萬方春」，便打算廢掉。這時郭沫若在一旁將這張廢字紙重新鋪在案上，略思片刻，便也用隸書寫成了一對聯：「萬方春色，千頃湖光。」聯語突兀見奇，頓添風采，雖是戲筆，卻別有一番風趣。

……

民國初年的名畫家郭禎擅長畫花鳥。有一次，他繪桃花圖和黃鶴圖各一幅贈友人，並請著名書法家趙平題詩配畫。在桃花圖上，趙平誤把「人面桃花相映紅」中的「桃」字寫成了「梅」

……

字，在黃鶴圖上，又誤把「黃鶴樓中吹玉笛」中的「黃」字寫成了「白」字。寫成後，趙平發現「筆誤」後，靈機一動，就在「人面梅花相映紅」下補上了一句「桃花流水杳然去」；在「白鶴樓中吹玉笛」下補上了一句「黃鶴一去不復返」，補得十分自然又妙趣橫生。

三．姓名篇

凡人必有姓與名，姓與名既是人進入社會首要資訊也是人的社會資訊傳遞的主要載體。因此，從古至今，人們對自己姓與名十分重視。而且名字還常常反射了歷史的變遷，社會的發展以及政治背景，從而衍生出許多趣事。

……

中國人在三皇五以前（距今約五千年），就有了姓。那時是母族社會，只知有母，不知有父。所以「姓」是「女」和「生」組成，就說明最早的姓，是跟母親的姓。夏、商、周的時候，人們有姓也有氏。「姓」是從居住的村落，或者所屬的部族名稱而來。「氏」是從君主所封的地、所賜的爵位、所任的官職，或者死後按照功績，追加的稱號而來。所以貴族有姓，有名，也有氏；平民有姓，有名，沒有氏。同「氏」的男女可以通婚，同「姓」的男女卻不可以通婚。因為中國人很早就發現這條遺傳規律，近親通婚對後代不利。

唐太宗時期（西元六二七年），有個吏部尚書高士廉，把民間的「姓」記錄下來，寫成一本書《氏族志》，頒佈天下，作為當時推舉賢能作官，或撮合婚姻的依據。

中國舊時流行的《百家姓》是北宋（西元九六〇年）的時候寫的，裡面一共收集了單姓四百零八個，複姓三十個，一共四百三十八個。發展到後來，據說有四千到六千個，但是實際應用的，只有一千個左右。

……

古代姓氏是有講究的。如「孟姜女哭長城」的故事人盡皆知，但知道孟姜女姓什麼嗎？有人說姓孟名姜女，還有人說她姓孟名姜，這都不對。其實，孟姜女姓姜，孟表示她在姜家偏房太太生的孩子裡排行老大，女則表示她的性別。所以「孟姜女」的意思就是姜家偏房排行老大

……

的姑娘。由此可見，古代的姓名中蘊藏著豐富的文化內涵，需要我們仔細揣摩。

……

從名字中可以看歷史。魏晉南北朝時期，玄學盛行，起名講究高雅。如盛行以「之」命名，如書法家王羲之，畫家顧愷之，將軍劉牢之，科學家祖沖之，史學家裴松之，文學家顏延之，楊銜之等。

南北朝佛教盛行，取佛僧名成了時髦。一時間，僧佑、僧護、僧智、梵童、摩訶之名比比皆是。據正史載，南北朝帶僧字的名有一百二十二人，曇者三十九人，佛者二十四人。

唐宋時，道讖一時，僧也極紅。以金、木、水、火、土五行命名成了時尚。如朱熹（火），父名松（木），兒名塾（土），孫名鉅、鉤、鑒、鐸（金），曾孫名淵、泠、潛、濟、浚、澄（水），剛好是五行一個迴圈。

宋以後，尤其明清，字輩譜命名法最盛行。至今，從農村族譜中可看出這一現象。其字當然是些寓意吉利的字，如文武、富貴、昭慶、德祥、龍鳳、昌盛等，這一命名方式影響很大。

……

被譽為國學大師的章太炎先生有三個女兒，長得很美，又有才華，但遲遲無人上門提親。原來章太炎先生有個怪癖，喜歡玩弄古字，以顯示自己學問的高深和淵博。他給大女兒取名（㠭）（展的古字），二女兒取名（㗊）（窗櫺的意思），三女兒叫（㸚）（《說文解字》解釋為眾口），別人都不知道三位小姐的名字怎麼念，又不敢在國學大師面前直呼其女兒為大姑娘、二姑娘——怕有失斯文和恭敬。結果就導致一個名門之家居然養了三個老姑娘，令章老先生憂心忡忡。

章老先生經過反覆研究，終於「研究」出了其中的原委。於是他大擺宴席，宴請賓客，專門講敘三個女兒名字的發音和字義。美麗聰慧的章家三「千金」，這才配上如意郎君。

……

北宋書畫家米芾向來就有潔癖，據說他的靴子被人拿了一下，他覺得別人的手肯定髒，於是就把靴子洗了又洗，直到洗得破了，還是覺得髒。因為這個習慣，他一直沒有為女兒找到合

……

適的女婿。有一天，米芾聽人向他介紹一位姓段名拂，字去塵的文士，非常高興，說：「既拂矣，又去塵，真吾婿也！」這下他總算找到中意的人選了，也不管女兒願意不願意，就將女兒許配了出去。

……

宋高宗趙構因為岳飛主戰秦檜主和，被攪得六神無主，於是微服到街上散心。恰巧，遇上一個拆字先生，此時恰逢春天，趙構隨手寫了一個「春」字給他拆解。先生看罷納頭便拜。趙構大驚，問其究竟，先生說：「客官你看，一夫旁邊一輪紅日，豈是等閒之輩。」趙構聽了，覺得在理，便繼續追問此字玄機。拆字者一邊收攤，一邊向趙構耳語一句：「春字『秦』頭太重，壓『日』無光。」說完便趕緊開溜了。很顯然，這是在諷刺秦檜弄權。

……

名字可以決定前程。明成祖（朱棣）時，永樂甲辰廷試，進呈第一者姓孫名曰恭，朱棣因曰恭二字聯在一起乃一暴字，以為不吉，就棄而不用，改點了頗合他意的刑寬做狀元。

清道光年間，安徽天水縣的戴蘭芬上京赴試，本來只中了第九名，道光皇帝審稿時，卻看中他名字中隱含有「天長第九（地久），戴戴（代代）蘭芬」的吉兆，捨第一名史求（死囚）不取，點了戴蘭芬的頭名狀元。

同治戊辰年進士江蘇王國均三字與「亡國君」同音，同治皇帝心中老大不快，就貶了王國均做三甲，以知縣遺派安徽。後來仍嫌不解恨，又改為教職，讓王國均在山陽當了二十年教書匠。

⋯⋯

張鄉有杜拾遺廟（杜拾遺即唐朝詩人杜甫），李鄉有伍子胥廟，皆年久失修。鄉人把杜拾遺訛傳為「杜十姨」，伍子胥訛傳為「伍髭鬚」。後來，兩鄉同時重修廟宇，再塑神像。張鄉人把杜老先生塑成一個嬌滴滴、粉嫩嫩的杜十姨；李鄉人把過昭關鬚髮皆白的伍大將軍，雕成短髭如戟身壯如牛的伍髭鬚。再後來，張、李二鄉給兩位神仙當紅娘，杜十姨又變成伍髭鬚婦人了。伍子胥被鄉人這麼一弄，成了杜甫的如意郎君。

⋯⋯

……

嘉靖初年，清代皇室領侍衛大臣綿億違反皇室關於近支宗室命名要用「糸」偏旁的規定，擅用「金」旁為長子取名奕銘，次子取名奕鐮。這弄得嘉靖龍顏不悅，譴責綿億「自同疏遠，是何居心？伊既以疏遠自待，朕亦不以親侄待伊，親近差事不便交伊管領」。命令綿億退出乾清門，革去領侍衛大臣、管圍大臣之職，硬將奕銘改名為奕繪。皇上因大耍小孩子脾氣，弄得綿億丟官削職，連冤枉也無處聲張。

杜甫

……

古代有避諱的說法。如避皇帝名諱，即不能有和皇帝名字相同的字出現。比如唐朝開國功臣李世積，因避唐太宗李世民的諱，遂改名李積。又如我們現在眾所周知的「秀才」一詞，在東漢時期，為了避漢光武帝劉秀的名諱，一直被稱為「茂才」。

還有避尊長諱。唐代著名詩人李賀，由於父親名叫「晉肅」，「晉」與「進」同音，當時的士大夫就認為李賀為了避諱不應當舉進士。韓愈就曾為李賀打抱不平，說：「父名晉肅，子不得舉進士。若父名仁，子不得為人乎？」杜甫一生留傳下來的詩有一千四百多首，卻沒有一句是涉及海棠花的，也沒有「閑」字出現。原因說來很簡單，因為杜甫的母親名叫海棠。而他的父親名叫「閑」，所以杜甫詩中根本不出現「閑」字。

……

徐之才是南北朝人，為人機敏，博學多識。當時有位大臣叫王元景，聽說過徐之才的名聲，於是和他開玩笑說：「你名叫之才，有什麼道理？依我看，之字頭上加一撇，叫乏才好了。」徐之才見王元景拿自己名字開玩笑，隨口說道：「我的名字不好，我看你的姓更不好啊。」

王元景大為驚詫：「王是大姓，為何不好？」徐之才道：「這個王嘛，近犬為狂，加頸加腳則為馬，加角加尾成了羊。」王元景見徐之才回答如此快速，當時無話可說，十分尷尬。徐之才笑著道：「我的名字不好可以改，你的姓不好，可就改不了了。」

……

改名字是小事，改變姓氏，那問題可就大了。王元景被羞得滿臉通紅。

……

北魏孝文帝元宏給兒子取名為恂、愉、悅、懌，而大臣崔光給兒子取名卻是劭、勖、勉。孝文帝說：「我的兒子名字偏旁都有心，而你的兒子名旁都有力。」崔光回答道：「這就是所謂君子勞心，而小人勞力的意思。」

……

華佗本名。據學者研究，「華佗」本是梵語，意思是「藥」。因華佗醫術高明，人們便稱他為「華佗」，有尊其為「藥神」之意。

……

王維生活在唐朝鼎盛時期，此時佛教盛行，王維受佛學影響頗深。有部佛經叫「維摩詰經」，王維字「摩詰」，與其名「維」組合起來正好是這部佛經的名稱。王維的名字，正好折射出他的宗教信仰。

四．逸聞篇

古往今來多趣事，然而大多不見於典籍，而出於稗官野史之中。諸多荒誕離奇之事，不必論其真假，亦不必論其來歷，隨意讀來，哈哈一笑，亦另有一番讀書之樂趣。

清代某次科舉，題目名為「昧昧我思之」。題目出自《書．秦誓》，「昧昧」為不明白之意。有考生答題，開篇驚人：「妹妹我思之。」閱卷老師最初不解其意，細思半晌忽豁然開朗，原來寫錯字了！於是在旁邊批曰：「哥哥你錯了！」

．．．．．．

東漢末年，太原城有個叫郭林宗的名士，做事很迷信。一天，神童徐稚前去拜見他，正好看見郭林宗指揮工匠砍院中的大樹。那樹長得挺拔俊秀，夏天遮陽，冬天擋風，給小院增添了許多生氣。徐稚因此很納悶，便問他為何要砍樹。

郭林宗回答說，他這個院子四四方方，像個口字的形狀。院子當中有樹，就是口中有木。木在口中，不就是個「困」字嗎？這太不吉利了，所以一定要砍掉這棵樹。

徐稚聽了哈哈大笑，說砍掉這棵樹後更不吉利。院子裡沒有了樹，就只有郭林宗這個人。口中有人，乃是個「囚」字，難道郭林宗是想當囚犯嗎？

郭林宗聽了連連點頭，再也不幹砍樹的傻事了。

……

曹操打敗袁紹後，縱容自己的兒子曹丕，強納袁紹的兒媳婦甄氏為妾。孔融對此很是反感，於是告訴曹操說：「武王伐紂，以妲己賜周公。」由於孔融的盛名，曹操信以為真，過了一段時間，曹操問孔融：「周公納妲己，語出何典？」孔融曰：「以今日世事觀之，當如此。」曹操至此方恍然大悟。

……

詩重押韻，不過在權勢面前，也有無奈之時刻。話說安史之亂時，史思明打下洛陽，感覺甚佳，詩興大發，遂賦詩一首：「櫻桃一籃子，半青一半黃，一半寄懷王，一半寄周贄。」（懷王是他的兒子史朝義，周贄是他兒子的老師）寫完之後，遍示群臣，左右都說好。半晌，有人囁嚅道，好是好，不過要是將第三句和第四句調一下，也許就合轍押韻了。不想，史思明聽了大怒，說：「你胡說，怎麼能讓周贄壓在我兒子之上呢？」此人腦袋是否丟了，書上沒講，但估計沒什麼好果子吃。

慧能斫竹

……

唐朝時期，佛教禪宗傳到了五祖弘忍禪師，他在湖北黃梅開壇講學，手下有弟子五百餘人，

……

其中最優秀的當屬大弟子神秀大師。神秀也是當時大家公認的禪宗衣缽的繼承人。

弘忍漸漸老去，打算在弟子中尋找一個繼承人，於是就要求眾人都做一首偈子（有禪意的詩），誰做的好就把衣缽傳給誰。

神秀很想繼承衣缽，但又怕因為出於繼承衣缽的目的而去做這個偈子，有違佛家的境界。所以他就在半夜起來，在院牆上寫了一首偈子：身是菩提樹，心為明鏡台。時時勤拂拭，勿使惹塵埃。

這首偈子的意思是：要時時刻刻的去照顧自己的心靈和心境，通過不斷的修行來抗拒外面的誘惑，和種種邪魔。這是一種入世的心態，強調修行的作用。而這種理解與禪宗大乘教派的頓悟是不太吻合的，所以當第二天早上大家看到這個偈子的時候，都說好，而且都猜到是神秀作的而很佩服的時候，弘忍看了卻沒有做任何的評價，因為他知道神秀還沒有頓悟。

而這時，當廟裡的和尚們都在談論這首偈子的時候，被廚房裡的一個火頭僧——慧能禪師聽到了，慧能當時就叫別人帶他去看這個偈子。這裡需要說明的一點是，慧能是個文盲，他不識字。他聽別人說了這個偈子，當時就說這個人還沒有領悟到真諦啊。於是他自己又做了一個偈子，央求別人寫在了神秀的偈子的旁邊：菩提本無樹，明鏡亦非台。本來無一物，何處惹塵埃。

從這首偈子可以看出慧能是個有大智慧的人（後世有人說他是十世比丘轉世），他這個偈子很契合禪宗的頓悟的理念，是一種出世的態度。這個偈子的主要意思是，世上本來就是空的，看世間萬物無不是一個空字，心本來就是空的話，就無所謂抗拒外面的誘惑，任何事物從心而過，不留痕跡。這是禪宗的一種很高的境界，領略到這層境界的人，就是所謂的開悟了。

弘忍看到這個偈子以後，問身邊的人是誰寫的，邊上的人說是慧能寫的。於是他叫來了慧能，當著他和其他僧人的面說：寫得亂七八糟，胡言亂語，並親自擦掉了這個偈子，然後在慧能的頭上打了三下就走了。這時只有慧能理解了五祖的意思，於是他在晚上三更的時候去了弘忍的禪房，在那裡弘忍向他講解了《金剛經》這部佛教最重要的經典之一，並傳了衣缽給他。為了防止神秀的人傷害慧能，弘忍讓慧能連夜逃走。

於是慧能連夜遠走南方，隱居十年之後在莆田少林寺創立了禪宗的南宗（頓悟派）。而神秀在第二天知道了這件事以後，曾派人去追慧能，但沒有追到。後來神秀成為武周時期的護國法師，創立了禪宗的北宗（漸悟派）。

．．．．．．

王安石曾寫過一本《字說》，裡面錯誤很多，如解釋波浪的「波」字，說是「水的皮」。蘇東坡反唇相譏道：「如此說來，『滑』字豈不是水之骨？」弄得王安石很難堪。又一次，王安石很疑惑地問蘇東坡：「『鳩』字一邊是九，一邊是鳥，古人造字時為什麼這麼做呢？有什麼證據能解釋鳩字的創造原理呢？」「有啊，」蘇東坡很正經地答道，「《詩經》裡面不是有『斑鳩在桑，其子七焉』的句子嗎？鳩鳥在桑樹上面，它有七個孩子。七個孩子加上爹媽，不恰巧就是『九』嗎？所以『九』和『鳥』拼在一起就是『鳩』了。」王安石愣了半天，這才醒悟到蘇東坡是在譏諷他。

……

蜀地多才女，到宋代又出了個蘇小妹。可說宋代四川的靈秀之氣盡在蘇氏一門。蘇小妹的父親蘇詢，哥哥蘇軾、蘇轍個個才高八斗，所謂「一門父子三詞客，千秋文章八大家」。

蘇小妹長得不胖不瘦，薄薄的丹唇、圓圓的臉蛋，烏溜溜的大眼睛，再配上高高的額頭，突出的雙顎，一看就是一副慧黠的樣子。她從小就愛與兩個哥哥比才鬥口。尤其是大哥蘇東坡，他滿腮鬍鬚，肚突身肥，穿著寬袍大袖的衣服，不修邊幅，不拘小節，更是她鬥口的對象。

一天蘇東坡拿妹妹的長相開玩笑，形容妹妹的凸額凹眼是：「未出堂前三五步，額頭先到畫堂前；幾回拭淚深難到，留得汪汪兩道泉。」蘇小妹嘻嘻一笑，當即反唇相譏：「一叢哀草出唇間，鬚髮連鬢耳杳然；口角兒回無覓處，忽聞毛裡有聲傳。」

這詩譏笑的是蘇東坡那不加修理、亂蓬蓬的絡腮鬍鬚。女孩子最怕別人說出她長相的弱點，蘇小妹額頭凸出一些，眼窩一些，就被蘇軾抓出來調侃一頓，蘇小妹說蘇東坡的鬍鬚似乎又還沒有抓到痛處，覺得自己沒有占到便宜。再一端詳，發現哥哥額頭扁平，了無崢嶸之感，長著個馬臉，長達一尺，而且兩隻眼睛距離較遠，整個就是五官搭配不合比例，當即喜孜孜地再作一詩：「天平地闊路三千，遙望雙眉雲漢間；去年一滴相思淚，至今流不到腮邊。」蘇東坡一聽樂得拍著妹妹的頭大笑不已。蘇家兄妹戲謔起來，可說百無禁忌，常常是語帶雙關，任你想像。

……

宋人邢居實《拊掌錄》記載，有一個叫李廷彥的人，寫了一首百韻排律自述其志，呈給他的上司請教。上司讀到裡面一聯「舍弟江南歿，家兄塞北亡」非常感動，深表同情，道：「不

……

意君家凶禍重並如此！」李廷彥忙恭敬地回答：「實無此事，但圖屬對親切耳。」上司聽了哭笑不得。這事很快傳開，成為笑柄。

有人用嘲諷的語調為其續了兩句：「只求詩對好，不怕兩重喪。」後又有人嘲笑這位仁兄，既然是作詩何必把兄弟全搭上，為什麼不寫「嬌妻伴僧眠，美妾入禪房」？

……

明太祖朱元璋出身低微，做過和尚，當過盜匪。他當上皇帝之後對於以前的歷史十分忌諱，看到「賊」、「僧」、「光」等字就不舒服，覺得是在影射他過往不光彩的歷史。在這種心理活動下，他炮製了明代早期文字冤獄的發生。

比如，有個叫林伯瑾的官員為了拍朱元璋的馬屁寫了個《賀冬節表》，內有「垂子孫而作則」的句子，意思是說不僅朱元璋自己，連他的子孫都是天下的楷模。結果朱元璋反倒認為「則」是在附會「賊」字，暗示自己是「賊」的出身，於是一怒之下把林伯瑾殺了。

還有杭州的徐一夔，他的賀表中用了「光天之下」、「天生聖人，為世作則」的句子。朱元璋看了大怒，說：「生著僧也，說我當過和尚。光就是和尚頭頂光光的意思。則字音近賊，罵我當過賊。」於是，徐一夔自然也落了個身首異處的下場。

……

明太祖朱元璋有次下詔求言，有個文臣上了個摺子。朱元璋命人讀給自己聽，結果讀了三個多小時還沒讀完，數數已有一萬六千三百多字，卻還不知道對方想說什麼。朱元璋大怒，立刻將這文臣拿來，重重打了一頓。第二天他又叫人讀，讀到一萬六千五百字之後才開始進入正題，一共說了五件事，其中四件都很有道理，才用了五百字。朱元璋長歎一聲：「這些酸秀才，就像臭豆腐一樣，聞著臭吃著香。」據說，次日早朝他還向那個被打的文臣道了歉。

……

明嘉靖年間，淳安縣出了一件怪事。一大清早，縣衙門前擠滿了人，探頭探腦地看著牆上的一張紅紙。只見紙上寫著一個鬥大的「」字，左下方落款是方正請教。凡是看過這個字的無不搖頭，連說：「怪事！怪事！從來沒有見過這個字。」一時間淳安縣的大街小巷傳遍了此消

……

息，個個議論不休。

事情很快傳到淳安知縣海瑞那裡，他命人把方正找來，詢問這個字的由來。

原來此字出自財主馮仁之手。年初，他的兒子要請個先生啟蒙。經人舉薦，秀才方正應聘到馮仁家教書。馮仁生性貪婪狡猾，經常巧設圈套，誘人上當，以詐取錢財。他對方正說：「先生來我家坐館，絕不虧待你，一年二十兩紋銀。但我家有個規矩，到年終我得出字考考你，你若認識，銀子照付。若不認識，說明你誤人子弟，分文不給，還得倒貼紋銀二十兩。」方正是個飽學之士，就滿口答應了，還當場立了字據。可到了年終，馮仁就寫了上面那個字讓他認，方正認不出來，辛苦了一年，還倒貼二十兩銀子。為弄清此字，他就張榜求教。

海瑞就把馮仁招來，問他此字的音和義。馮仁回答說：「這個字嘛，就是簷頭上的水落下來，打在石頭上發出的滴、滴聲音的『滴』字。」海瑞就問：「你從什麼書上看到的？」馮仁回答：「這個字怪就怪在書上沒有。」馮仁的鬼蜮伎倆，欺人太甚。海瑞大怒，於是也寫了個「」字，問馮仁是否認識。馮仁搖頭，

海瑞奏摺

海瑞說道：「我來指教你。我這個字，就是竹板打在你屁股上，發出啪、啪聲的『啪』字。這個字奇就奇在書上也沒有。」接著喊道：「大膽劣紳，竟敢亂造文字，詐取錢財，理當重罰。」令人將馮仁拖下去重打五十大板。

……

有一位教書先生不學無術。一天，有個從京城來的朋友來拜訪他，這時，有個學生拿著書本問「晉」字。這位元先生不認識，又不好當面說，於是就用紅筆在旁邊畫了一道杠，意思是說：「等客人走後再問！」不大一會兒，又有個學生來問「衛」字，先生也不認識，用紅筆在這個字上圈了個圈。過了一會兒，又一個學生問：「『仁者樂山，智者樂水』中的『樂』字該怎麼念。」先生不耐煩了：「讀『落』字就是了。」

先生說罷問客人：「最近京城有什麼新聞嗎？」

客人說道：「我離開京城的時候，只見『晉』文公被戳了一槍，『衛』靈公也被紅巾軍團團圍住了。」

先生大驚，急忙問：「不知他們手下的官兵都怎麼樣了。」

……

客人笑著說：「落山的落山，落水的落水唄。」

……

明末清初時期的文壇鉅子金聖歎，是個幽默大師，據說他年輕時在鄉鄰們的催促下前往參加鄉試。考題為「西子來矣」（西子即西施美稱）題意要求以越國的西施出使吳國的史實，給予評說。金聖歎把功名視若草芥，他面對試題，援筆書曰：「開東城，西子不來；開南城，西子不來，開北城，西子不來！開西城，則西子來矣！西子來矣（西門的人來了）。」主考見他把功名視若兒戲，即在卷上批道：「秀才去矣！秀才去矣！」於是，金聖歎名落孫山。

金聖歎對清朝大興文字獄極為憤慨，他奔走呼叫「孔夫子死了」，並帶領學生去哭孔廟，表示抗議。清統治者遂以蠱惑倡亂，判以死罪。其子梨兒、蓮子

才子金聖歎

前往探監，涕泣如雨，父子相對慘然。金聖歎賦詩曰：「蓮子心內苦，梨兒腹中酸。」此詩語意雙關，對清統治者的殘暴進行了譴責。臨別，兩兒詢問父親有何遺囑？金聖歎叫他們附耳過來，悄聲說：「花生米與五香豆腐乾同嚼，有火腿味道，千萬不要讓那些劊子手知道，免得他們大發其橫財。」金聖歎把生死置之度外，幽默詼諧，表現了他對清朝統治者的輕蔑與反抗。

金聖歎被處決時，正值山河淡裝素裹，雪化冰消之際。他翹首蒼天，觸景生情，立就一首自悼詩，並高聲吟誦道：「天生悼我地丁優，萬里江山盡白頭。一時太陽來弔唁，家家戶戶淚珠流。」吟罷，金聖歎人頭落地。那頭顱滾出數丈，從耳內拋出兩個紙團，監斬官將紙團打開一看，一紙團上寫的是「好」字，另一紙團上寫的是「痛」字。這兩個字是他對人民深重災難的呼號，也是為自己不幸的哀歎！

⋯⋯

民間流傳著這樣一個故事。李鴻章有個遠房親戚，讀了幾年私塾，平時滿口之乎者也的，其實並無實學。

又到開考之年，這位親戚自以為才高八斗，便背上行李，前去參加考試。誰料試題一到手，

⋯⋯

他頓時傻了眼——不會做！左顧右盼，看看時間是越來越少，他東拉西扯亂寫一通。突然想到自己是李鴻章的遠方親戚，這可是塊硬牌子，量你主考官知道後也不敢不錄取我。於是此人急忙在試卷右上角寫道：「我是李中堂大人的親妻。」原來此人不學無術，居然將「戚」字寫成了「妻」字。

主考官為人誠實耿直，看到這東拉西扯的文章毫無章法，剛要扔掉，突然看見右上角的文字，想了想在試卷上批道：「因為你是李大人的親妻，所以我無論如何也不敢娶（取）你。」

……

一文人收到友人書信一封和一盒禮品，信上寫道：「送上琵琶，請笑納。」文人打開禮盒一看，原來是吃的枇杷而不是樂器琵琶，便回信調侃道：「枇杷不是此琵琶，惱恨當年識字差。若是琵琶能結果，滿城簫管盡開花」。

不幾日，該文人收到有人回信，開箋一看，內曰：「琵琶確非此枇杷，一詞之誤笑大家，琵琶本為樂中物，豈可樹上結繁花，吾觀文章窺大義，君卻喜把白字抓，如今果已至君腹，君可撫腹吹彈拉」。

……

有一次，奉系軍閥張作霖應邀參加一個酒會時，席間有個日本人因為聽說張作霖大字不識幾個，意欲讓其當眾出醜，所以就拿出筆墨請張作霖題詞。想不到張作霖卻胸有成竹，揮筆就寫了一個大大的「虎」字，然後落款為：「張作霖手黑」。秘書見狀忙小聲提醒：「大帥，您的『墨』字少了個『土』，成『手黑』了。」可張作霖卻把眼睛一瞪，擲筆而起，大聲說道：「我還不知道這『墨』字下面有個『土』？這是寫給人家看的，不能讓他帶走『土』！」張作霖對日本人「寸土不讓」，難怪日本人要暗算他。

……

第七章　妙文　漢字詼諧搞笑之怪

妙文

我們的生活需要笑。笑是生活中不可缺少的甘甜調料，沒有笑聲的生活是一種酷刑。沒有笑，生活就不成其為生活。

是寓莊於諧的奇文也罷，是辛辣諷刺的檄文也罷，又或者惡搞無厘頭的怪文也罷，若能給繁忙的生活增添幾分笑料，給緊張的心情舒緩幾分鬆弛，則此文已達到目的矣。

惡搞自古有之，並非今人之專利，只不過古人將它起了個文雅的稱呼，喚做「詼諧文」。大致而言，詼諧文分為三類：第一類，以寓言的形式，假借自我嘲弄而發其懷才不遇的牢騷；第二類，用類似童話或神話的手法，把動植物或無生物擬人化以影射現實；第三類，純粹遊戲之作，諷刺意味不太明顯。也就是說，詼諧文大致包含寓言體、假傳體和遊戲文。

詼諧文乃是純粹的文字遊戲，其藝術特色大致有四：一脈相承，自成系統；搜輯故實，炫人博學；比擬貼切，涉筆成趣；人事譏嘲，相得益彰。然而，儘管詼諧文的創作不限文體，但在強調文學實用性的歷史環境中，遊戲文字往往不被重視，反而多被指責。即使到今天，亦不過是被冠以「惡搞」、「網文」一詞而已。

一・古文篇

古文中亦多詼諧文，百讀不厭。如紀曉嵐、鄭板橋等人，都留下不少類似的文章。此類詼諧文大多以散曲、小詞或口頭語表達，多在民間流傳，很難被視為正式作品。

西漢時，蜀中才子司馬相如與富商之女卓文君的愛情故事是經典。一曲《鳳求凰》，流傳悠久。司馬相如在長安為官，官運亨暢，高官得做，駿馬得騎，沉溺於聲色犬馬、燈紅酒綠中，忽然對卓文君有了休妻之意，便修書一封給了卓文君。一張大白紙寥寥寫著幾個數字：「一二三四五六七八九十百千萬」。卓文君當即就明白，當了高官的丈夫已有了嫌棄自己之意。無億，即是「無意」。她一時悲憤交加，寫了下文的回信：

一別之後，二地相懸，只說是三四月，又誰知五六年。七弦琴無心彈，八行書無可傳，九連環從中斷，十裡長亭望眼欲穿。百思想，千掛念，萬般無奈把郎怨。

‧‧‧‧‧‧‧

萬語千言說不完，百我聊奈十依欄，重九登高看孤雁，八月中秋月圓人不圓，七月半燒香秉燭問蒼天，六月天別人搖扇我獨心寒，五月石榴如火偏遇陣陣冷雨澆花端，四月枇杷未黃我欲對鏡心意亂，忽匆匆，三月桃花隨水轉；飄零零，二月風箏線兒斷。噫！郎呀郎，巴不得下一世你為女來我為郎！

這篇文章讀來迴腸盪氣，情義綿綿，司馬相如看後，頓釋休妻之念，絕了聲色犬馬，與卓文君恩愛相伴一生。

……

唐朝的韓愈曾寫過一篇《毛穎傳》，「毛穎」即「毛筆」。明明只是毛筆一物，韓愈卻煞有其事地把它當做人來寫，還考證其祖先，為其列傳，並且還採用了《史記》的筆調，實開「惡搞」之先鋒。

毛穎者，中山人也。其先明視，佐禹治東方土，養萬物有功，因封於卯地，死為十二神。嘗曰：「吾子孫神明之後，不可與物同，當吐而生。」已而果然。明視八世孫，世傳當殷時居中山，得神仙之術，能匿光使物，竊姮娥、騎蟾蜍入月，其後代遂隱不仕雲。居東郭者曰，狡而善走，與韓盧爭能，盧不及，盧怒，與宋鵲謀而殺之，醢其家。

秦始皇時，蒙將軍恬南伐楚，次中山，將大獵以懼楚。召左右庶長與軍尉，以《連山》筮之，得天與人文之兆。筮者賀曰：「今日之獲，不角不牙，衣褐之徒，缺口而長鬚，八竅而趺居，獨取其髦，簡牘是資，天下其同書，秦其遂兼諸侯乎！」遂獵，圍毛氏之族，拔其豪，載穎而歸，獻俘於章台宮，聚其族而加束縛焉。秦皇帝使恬賜之湯沐，而封諸管城，號曰管城子，曰見親寵任事。

穎為人，強記而便敏，自結繩之代以及秦事，無不纂錄。陰陽、蔔筮、占相、醫方、族氏、山經、地志、字書、圖畫、九流、百家、天人之書，及至浮圖、老子、外國之說，皆所詳悉。又通於當代之務，官府簿書、市井貨錢注記，惟上所使。自秦皇帝及太子扶蘇、胡亥、丞相斯、中車府令高，下及國人，無不愛重。又善隨人意，正直、邪曲、巧拙，一隨其人。雖見廢棄，終默不泄。惟不喜武士，然見請，亦時往。累拜中書令，與上益狎，上嘗呼為中書君。上親決事，以衡石自程，雖官人不得立左右，獨穎與執燭者常侍，上休方罷。穎與絳人陳玄、弘農陶泓，及會稽褚先生友善，相推致，其出處必偕。上召穎，三人者不待詔，輒俱往，上未嘗怪焉。

後因進見，上將有任使，拂試之，因免冠謝。上見其發禿，又所摹畫不能稱上意。上嘻笑曰：「中書君老而禿，不任吾用。吾嘗謂中書君，君今不中書邪？」對曰：「臣所謂盡心者。」因不復召，歸封邑，終於管城。其子孫甚多，散處中國夷狄，皆冒管城，惟居中山者，能繼父祖業。

太史公曰：毛氏有兩族。其一姬姓，文王之子，封於毛，所謂魯、衛、毛、聃者也。戰國時有毛公、毛遂。獨中山之族，不知其本所出，子孫最為蕃昌。《春秋》之成，見絕於孔子，而非其罪。及蒙將軍拔中山之豪，始皇封諸管城，世遂有名，而姬姓之毛無聞。穎始以俘見，卒見任使，秦之滅諸侯，穎與有功，賞不酬勞，以老見疏，秦真少恩哉。

此文翻譯成白話文是：

毛穎是中山人。他的先人是兔子，輔佐大禹治理東方，因養育萬物有功，因此在卯地獲得封地，死後成為十二神之一。他曾經說：「我的子孫是神的後代，不可以和其他生物相同，生產是從嘴裡吐出來的。」後來果然是這樣。兔子的第八代孫子剛剛出生，人世間正當殷朝時期，它住在中山，得到了神仙的法術，能夠隱身、驅使物事，與嫦娥偷情，騎蟾蜍進入月亮。他的後代便隱居不當官，住在城東的名叫，他狡猾並且善於奔跑，和韓盧比賽，盧不如他。盧惱怒，和鵲共同謀划殺了他，將他全家剁成了肉醬。

秦始皇的年代，蒙恬將軍在南方討伐楚國，在中山停留，準備舉行大型的狩獵行動來威嚇楚國，召集左右的庶長和軍尉一起，用《連山》占卜這次行動，預測天時和人和。占卜者恭賀道：「這次要捕獲的，是沒有角牙齒不鋒利，穿短布衣的動物，缺嘴並且頸脖子長，有八竅，像打坐一樣坐著，就取他的毛，可以用來作為寫書冊的東西，天下都用他來書寫，秦將兼併諸侯嗎？」於是開始狩獵，圍捕毛穎家族，拔下他們的毛，將毛尖（穎：原意是尖端，此處還暗指毛穎即兔子）裝車帶回，到章台宮將俘虜獻給皇帝，聚集他家族的人將他們束縛起來（暗指束縛兔毫做筆）。秦始皇恩賜讓蒙恬將他放入湯池沐浴（暗指毛筆之沐於硯中），並賜它封地：管城（暗指：做成毛筆，必需竹管），賜名字：管城子。逐漸得到皇帝的恩寵並管理事務。

毛穎作為一個人來說記憶力非常強並且敏捷、敏銳，從結繩記事的年代起直到秦代的事，沒有不編纂記錄的；陰陽、卜卦、占卜相術、醫療方術、民族姓氏、山川的記載、地志、字和書法、圖畫、三教九流諸子百家等天下的書，乃至佛學、老子、外國的各種學說，全都詳細地記下；還通曉當代的各種事務，官府公函，市井中貨物錢財的帳目記錄，全都為皇上服務。從秦始皇到太子扶蘇、胡亥、丞相李斯、中車府令趙高，下到國民百姓，沒有不重用他的。他又善於隨人的意，正直、邪惡、委婉、巧妙、拙樸的，全都隨人的意。雖然有時被廢棄一邊，始終沉默但不洩氣。唯有一點，他不喜歡武士，但是如果被請也經常前往。

毛穎長期被封為中書令，和皇上更加親密，皇上曾經稱他為中書君。皇上親自決斷公事，每天閱覽公文以達到規定的重量來限定自己，就是宮裡的人也不得站在他的旁邊，唯獨毛穎和拿蠟燭的奴僕經常在旁邊侍奉，皇上休息時才完。毛穎和絳縣人陳玄（陳：舊；玄：黑，指墨。）、弘農縣（當時產硯臺）的陶泓（硯臺）和會稽縣（當時產紙）褚先生（指紙）友好相善，互相推崇備至，他們出現的地方必定互相偕同。皇上召見毛穎，他們三人不等皇帝召見，一動就是一起前往，皇上從沒怪罪過他們。

後來一次進見時，皇上要委任，重用他，於是脫下帽子謝恩。皇上看見他的頭髮禿了，並且所畫的畫不能如皇上的意。皇上譏笑道：「中書君老並且禿頭，不能勝任我的任務了。我曾經稱您是中書（中：中用。書：書寫。），您現在是不中書啊？」回答說：「我就是盡心啦（暗指：用盡筆心）。」於是皇上不再召見，他回到封地，在管城終老。

他的子孫很多，分散在中國和外地，都冒充是管城人，唯有住在中山的後代能夠繼承父輩祖宗的事業。

太史公說：「毛家有兩族，其中一族是姬姓，周文王的兒子，封為毛，就是所謂的魯、衛、毛、聃。戰國的時候有毛公、毛遂。唯有中山這一族，不知道他們的祖宗，子孫最興旺。孔子作《春秋》，是見捉到麟而停筆的，而不是毛穎的罪過。蒙將軍拔中山兔子的毛，秦始皇賜封管城，於是世代有名，而姬姓的毛族默默無聞。毛穎起始於俘虜的樣子出現，完結於任命和重用。秦滅諸侯，毛穎肯定有功勞，沒有賞賜和酬勞，還因為老邁而被疏遠，秦始皇真是薄情寡義啊！」

韓愈寫了《毛穎傳》後，遭到了時人的非議與責難。韓愈的弟子張籍就兩次寫信批評他「尚駁雜無實之說」。《舊唐書．韓愈傳》也指責《毛穎傳》「譏戲不近人情」，乃「文章之甚紕繆者」。可見惡搞不為主流所容，古今皆然。

．．．．．．．

金朝的王特起為了慶賀友人生第三個兒子，乘興作了一首充滿喜慶詼諧趣味的怪詞。怪就怪在全篇大量引用歷史上的名臣、武將、才子及有關事務，而且這些都是可以與數字「三」發生關係的詞語。

古今三絕。為鄭國三良，漢家三傑。三俊才名，三儒文學，更有三君清節。爭似一門三秀，三子三孫奇特，人總道，賽蜀郡三蘇，河東三薛。

歡愜。況正是三月風光，杯好傾三百，子並三賢，孫齊三少，俱篤三餘事業。文即三冬足用，名即三元高揭。親朋慶，看寵加三分，禮膺三接。

此篇雖是遊戲之作，但玩味之餘，亦可見作者高才精思，頗費了一番工夫，用心亦良苦矣。

……

元代大戲劇家關漢卿，是寫散曲的高手。他有些小令散曲，全首幾乎都是用疊字、排句組成，讀來頗有文趣，百讀不厭。如《不伏老》：

我是個蒸不爛、煮不熟、捶不扁、炒不爆響噹噹一粒銅豌豆，恁子弟每誰教你鑽入他鋤不斷、斫不下、解不開、頓不脫慢騰騰千層錦套頭。我玩的是梁園月，飲的是東京酒，賞的是洛陽花，攀的是章臺柳。我也會圍棋、會蹴踘、會打圍、會插科、會歌舞、會吹彈、會咽作、會吟詩、會雙陸。你便是落了我牙、歪了我口、瘸了我腿、折了我手，天

關漢卿

賜與我這幾般兒歹症候，尚兀自不肯休。則除是閻王親自喚，神鬼自來勾，三魂歸地府，七魄喪冥幽，天那，那其間才不向煙花路兒上走！

這真堪稱是一段精妙奇文！它描寫了一個反抗者的形象，感情汪洋恣肆，痛快淋漓。疊字、排句的應用爐火純青，極富於節奏感，讀之益情益趣，令人拍案叫絕。

……

明代曲令中，有不少諷喻之作寫得繪聲繪色，精彩風趣。下麵這首曲牌為「山坡羊」的散曲，是諷刺吹牛皮、說大話的人。全文如下：

我平生好說實話，我養個雞兒，賽過人家馬價；我家老鼠大似人家細狗；避鼠貓兒，比猛虎還大。（我）頭戴一個珍珠，大是（似）一個西瓜，貫頭簪兒，長似一根象牙。我昨日在岳陽樓飲酒，昭君娘娘與我談了一曲琵琶。我家還養了麒麟，十二個麒麟養（生）了二十四匹戰馬。實話！手拿鳳凰與孔雀廝打。實話！喜歡（的）我慌了，蹦一蹦，蹦到天上，摸了摸轟雷，幾乎把我嚇殺。

這首歌詞，以說大話者第一人稱寫來，使讀者似見其聲貌。歌詞裡於一本正經自誇之後，

……

總時而露露馬腳，令吹牛者大出洋相，從而達到鞭笞的目的和詼諧的效果。

……

古往今來，官場上「吹喇叭」、「抬轎子」之風長刮不衰，人們深為反感。明代散曲作家王磐寫的《朝天子．詠喇叭》，可謂替民眾出了一口悶氣。茲錄如下：

……

喇叭，鎖吶，曲兒小，腔兒大。官船來往亂如麻，全仗你抬身價。軍聽了軍愁，民聽了民怕，哪裡去辨什麼真共假？眼見得吹翻了這家，吹傷了那家，只吹得水盡鵝飛罷！

散曲中遣詞造句，緊緊圍繞著鎖吶的形象而又生髮開來，借題發揮。最後講：「吹翻了這家，吹傷了那家，只吹得水盡鵝飛罷！」於幽默風趣中道出了吹拍之風的誤國害民。

……

在明代李開先的《一笑散》中，收入一首諷刺封建統治者殘酷剝削的散曲，曲牌叫「醉太平」：

奪泥燕口，削鐵針頭，刮金佛面細搜求，無中覓有。鵪鶉嗉裡尋豌豆，鷺鷥腿上劈精肉，蚊子腹內刳脂油，虧老先生下手！

這篇散曲，用了六個無中生有或難於下手的形象生動的事例，來比喻搜刮者的刻薄，比喻生動，形象鮮明。曲文高明之處在於，諷刺剝削者但又不直接點明是對人的剝削，使讀者從形象比喻中自己去體味。尤其令人感到忍俊不住的，是被諷刺的那位「老先生」的滑稽表演，他下手的六件事例，都是反常的、極不協調的，也是常人難於理解的，但他還是不肯善罷甘休，其喜劇形象產生了強烈的諷刺效果，可謂諷刺佳作。

……

古人寫字作畫，有索取報酬的慣例，稱為「潤筆」。但文人不言利，因此許多人都不好意思明目張膽地索要潤筆。然而，鄭板橋卻與眾不同，寫了一篇《筆榜小卷》掛在廳堂中，堪稱妙文：

……

大幅六兩，中幅四兩，小幅二兩，書條、對聯一兩，扇子、斗方五錢。凡送禮物、食物，總不如白銀為妙。公之所送，未必弟子之所好也。送現銀則心中喜樂，書畫皆佳。禮物既屬糾纏，賒欠尤為賴帳。年老神倦，不能陪諸君子作無益語言也。畫竹多於買竹錢，紙高六尺價三千，任渠話舊論交接，只當清風過耳邊。

乾隆乙卯，拙公和上屬書謝客，板橋鄭燮。

這篇《筆榜小卷》倒是實實在在，快人快語。清朝吳山尊深有感觸，居然叫人把這篇奇文勒石作碑，真是英雄所見略同。

……

有三個連襟兄弟因為岳父亡故，各自忙著準備祭禮。大襟兄備豬，二襟兄備羊，唯有三襟弟窮得叮噹響，拿不出像樣的東西，愁得躺在床上吸

鄭板橋

著旱煙袋冥思苦想。正巧一隻過樑老鼠掉下來，他一煙袋將老鼠打死，靈機一動，就以老鼠為祭禮，來到岳父靈前，念出了一篇詼諧的祭文：

大姨爹抬豬，二姨爹抬羊，唯有我三姨爹窮困無錢。冥思苦想，輾轉睡床。看見老鼠，走過屋樑。拿起煙斗，打出腦漿。一瓢滾水，燙得毛光。一把稻草，熏得焦黃。河邊開剖，血流滿江。血映天紅，驚動玉皇，玉皇傳問，肇事何方？天兵回稟，殺鼠治喪。玉皇驚愕，怒斥荒唐。自古祭禮，殺豬宰羊。未聞鼠祭，罕見獨創。天將跪稟，恕聽端詳。鼠身雖小，其味噴香。羊吃百草，豬吃粗糠。鼠吃五穀，粒粒細糧。人說一鼠。可頂三雞。味道鮮美，滋補營養。親朋六眷，陣陣聞香。眾口同贊，鼠勝豬羊。敬獻岳父，表婿斷腸。祈禱冥福，靈前鑒賞。嗚呼尚饗。

……

古時學館中於每年陰曆二月、八月第一個丁日祭祀孔子，稱為丁祭，祭過之後學生們可分食祭品。滁州侍郎劉清看到丁祭後學生們爭祭物的場面時，作了一篇文章來取笑：

天將曉，祭祀了。只聽得兩廊下鬧吵吵。爭胙肉的你精我肥，爭饅頭的你大我小。顏

……

淵德行人，見了微微笑。子路好勇者，見了心焦躁。夫子喟然歎曰：「我也曾在陳絕糧，不曾見這夥餓莩。」

……

清代科場上喜歡把經書中毫不相關的兩句話湊在一起出成試題，目的在於防止考生抄襲現成的文章。其寫法著意於文章格式，而對經書原文闡發的古賢人的本意就棄而不顧了。明代就有這樣的考法，有一次出題為「杖叩其脛闕党童子」。「杖叩其脛」出自《論語・憲問》，說孔子用拐杖敲打老朋友原壤的小腿。「闕党童子」也出自這一章，但在另外一段中，說闕裡有一位童子來給孔子傳信。由於這兩句話意思不相連，有的考生在過渡一段中寫道：「孔子一拐杖打下去，原壤痛不可忍；第二拐杖打下去，原壤僕地而倒；第三拐杖打下去，原壤一命嗚呼。三魂渺渺，七魄悠悠，忽然一陣清風，化為闕党童子。」

……

據說四川有座二郎廟，內有一碑，刻有《二郎廟記》，其碑文曰：

好人莫如行善，行善莫如修二郎廟。二郎者，大郎之弟，三郎之兄，老郎之子也。廟前有二株樹，人皆以為樹在廟前，我獨以為廟在樹後。廟內有鐘鼓二樓，鐘聲咚咚，鼓聲嗡嗡。因而為之記。

全文僅七十二字，但短而不簡，整篇碑文空洞無物，語言囉囉嗦嗦，廢話連篇。既是為二郎修廟，當對二郎之生平行狀略作交代，然而通篇無一字言及，卻對二郎與兄弟父親的關係糾纏不清，末句稱因鐘鼓及鐘鼓之聲而作記，真是莫名其妙，尤其是樹廟前後之爭，更是讓人啞然失笑。這可謂「短而臭」的典範之作了。

蘇東坡夜遊赤壁

……

《前赤壁賦》是一代文豪蘇東坡的著名散賦，它著力描寫秋夜赤壁之美與遊客的逸興，並通過對自然物明月、江水變與不變的論證，表達了作者曠達、超脫的生活態度。語言清新俊逸，名句薈萃，膾炙人口，自有宋以來凡讀東坡公此篇傳神筆墨，沒有不拍案叫絕者。元代戲曲家孫季昌就將蘇東坡的《前赤壁賦》由散賦隱括成套曲，既未畫虎類犬傷其高雅，又平添了供人引吭高歌的佐料於其上，真可謂錦上添花，非有鬼斧神工之技者，誰敢為此？

萬里長江，舉空煙浪。驚濤響，東去茫茫，遠水天一樣。

〔混江龍〕壬戌秋七月既望，泛舟屬客樂何方？過黃泥之阪，遊赤壁之旁。銀漢無聲秋氣爽，水波不動晚風涼。誦明月之詩，歌窈窕之章。少焉月出東山上，紫薇貫鬥，白露橫江。

〔油葫蘆〕四顧山光接水光，天一方，山川相繆鬱蒼蒼。浪淘盡風流千古人物凋喪，天連接崔嵬，一帶山雄壯。西望見夏口，東望見武昌，我則見沿江殺氣三千丈，此非是曹孟德困周郎？

〔天下樂〕隱隱雲間見漢陽，荊襄，幾戰場？下江陵順流金鼓響。旌旗一片遮，舳艫千里長，則落得漁樵每做話講。

〔哪吒令〕見橫槊賦詩是皇家棟樑，見臨江灑酒是將軍虎狼，見修文偃武是朝廷紀綱，如今安在哉？做一世英雄將，空留下水國魚邦。

〔鵲踏枝〕我則見水茫茫，樹蒼蒼，大火西流，烏鵲南翔，浩浩乎不知所往，飄飄乎似覺飛揚。

〔寄生萍〕渺滄海之一粟，哀吾生之幾場。舉匏樽痛飲偏惆悵，挾飛仙羽化偏舒暢。溯流光長歎偏悒怏。當年不為小喬羞，只今惟有長江浪。

〔尾聲〕漫把洞簫吹，再把詞章唱。蘇子正襟坐掀髯再鼓掌，洗盞重新更舉觴。眼縱橫倚篷窗，怕疏狂錯亂了宮商。肴核盤空夜未央，酒入在醉鄉。枕藉乎舟上，不覺的朗然紅日出東方。

⋯⋯⋯

趙元任，一八九二年十一月三日生於天津，是國際知名的語言學大師，中國現代語言學的奠基者之一。

趙元任曾編了一個極「好玩兒」的單音故事，以說明語音和文字的相對獨立性。故事名為《施氏食獅史》，通篇只有「ㄕ」一個音，寫出來，人人可看懂，但如果只用口說，那就任何人也聽不懂了：

石室詩士施氏，嗜獅，誓食十獅。氏時時適市視獅。十時，適十獅適市。是時，適施氏適市。氏視是十獅，恃矢勢，使是十獅逝世。氏拾是十獅屍，適石室。石室濕，氏使侍拭石室。石室拭，氏始試食十獅屍。食時，始識十獅屍，實十石獅屍。試釋是事。

翻譯成白話文是：

有一位姓施的詩人，住在一間以石頭蓋成的房屋裡，特別喜歡獅子，並且愛吃獅子，他發誓要吃掉十頭獅子。他時常都到市上察看有無獅子出現，某日十時，正好有十頭獅子出現市上，當時施君也來到市上。他看到這十頭獅子，於是取下弓箭，將這十頭獅子預以射殺。施君隨之拾起十頭射殺死掉的獅子的屍體，準備搬運到他住的地方石室。不湊巧，這間石室很潮濕，施君叫他的僕人將石室擦乾淨，等到把石室擦乾淨，他開始嘗試吃掉這十頭死屍的獅子。正要吃的時候，才識破這十頭獅屍，並非真的獅屍，而是十頭用石頭做的獅子。現在請你試將這件事情解釋一下。

只用一個發音來敘述一件事，除了中文，怕是再無其他語言能做到了。

二・今文篇

從文言文到白話文雖是一大變革，然而文字自身之特性卻是沒有改變的。幽默的文字，可用人們最喜歡接受的方式，循循善誘地給人以善惡美醜的教益與啟迪，也可作為人們社交的潤滑劑，使人們的言談文筆更加融洽風趣，分寸有度。

《青年界》雜誌主編趙景深有一次向老舍先生催稿，先在紙上寫了一個大趙字，然後用紅筆把趙字圈了起來，在這旁邊寫了一行小字：「老趙被圍，速發救兵。」老舍拆信一看，哈哈大笑，深感有趣，於是覆了一信，並附上一篇短篇小說《馬褲先生》。信文如下：

景深兄：

元帥發來緊急令：內無糧草外無兵！小將提槍上了馬，《青年界》上走一程。羅！馬來！

「參見元帥。」

「帶來多少兵馬？」

「兩千來個字！還都是老弱殘兵！」

「後帳休息！」

・・・・・・・

「得令！」正是：旌旗明日月，殺氣滿山頭！

祝吉！

弟舍×年×日

……

老舍先生對文壇上出一本薄書就又是序啊又是跋甚至還請人或自己寫小傳揚名的風氣很是不屑，於是也寫了一「自傳」，旁敲側擊，針砭時弊，全文如下：

舒舍予，字老舍，現年四十歲，面黃無鬚。出於北平。三歲失怙，可謂無父，志學多年，帝王不存，可謂無君。無父無君，特別孝愛老母，布爾喬亞之仁未能一掃空也，幼讀三百篇，不求甚解。繼學師範，遂奠教書為業，甚難發財，每購獎券，以得末彩為榮，亦甘於寒賤也。廿七歲發憤著書，科學哲學

老舍先生

無所懂，故寫小說，博大家一笑沒什麼了不得。三十四歲結婚，今已有一男一女，均狡猾可喜。閒時喜養花，不得其法，每每有葉無花，亦不忍棄。書無業不讀，全無收穫並不著急。教書做事均甚認真，往往吃虧，亦不後悔。如此而已。再活四十年也許有點出息。

這篇自傳不但妙趣橫生，而且一反那些自吹自擂的「小傳」，寫得質樸自謙，幽默風趣，讀之使人耳目一新。

……

一九一九年一月，劉半農寄了兩本書給朋友，並附了一封別開生面的信，全文如下：

（生）咳，方六爺呀，方六爺（唱西皮慢板）你所要，借的書，我今奉上。這其間，一本是，俄國文章。那本是，瑞典國，小曲灘簧。只恨我，有了它，一年以上，都未曾打開來，看過端詳。（白）如今你提到它，（唱）不由得，小半農，眼淚汪汪。（白）咳，半農呀，半農呀，你真不用功也。（唱）但願你，將它去，莫辜負它。拜一拜，手兒呵，你就借去了罷。（下）

這封信以戲曲形式寫的，讀來輕鬆幽默，但也有自責之詞，責己不夠用功，存書久而不看，

……

具有勸誡之意。

……

從前有個私塾先生，他在附近山頂的寺廟裡有個酒友和尚。一天先生去山上和尚那裡喝酒，臨走前給學生留作業，以《酒》為題寫一篇文章。學生正在抓耳撓腮做不出的時候，偶然翻到了一本關於祖沖之的書，學生一想有了。

先生回來檢查作業，看見學生做的文章，先是大怒，繼而開懷大笑，連聲稱讚好文章，好文章。文章很短，是這麼寫的：

山顛一寺一壺酒，爾樂苦煞吾。把酒吃，酒殺爾，殺不死，樂而樂。

此文讀來令人噴飯，其實，卻是圓周率的諧音。（3.14159 26535 897 932 384 626）

國家圖書館出版品預行編目(CIP)資料

漢字的魅力：從對聯、詩詞、謎語、書法發現博大精深、趣味盎然的漢字奧秘 / 滄浪著．—— 三版．—— 新北市：遠足文化，2016.05 面；公分
ISBN 978-986-93000-5-6（平裝）
1. 漢字 2. 通俗作品

802.2 105005366

漢字的魅力
從對聯、詩詞、謎語、書法
發現博大精深、趣味盎然的漢字奧秘

作者——滄浪
總編輯——郭昕詠
編輯——王凱林、賴虹伶、徐昉驊、陳柔君、黃淑真、李宜珊
通路行銷—何冠龍
封面設計—霧室
排版——健呈電腦排版股份有限公司

社長——郭重興
發行人兼
出版總監—曾大福
出版者——遠足文化事業股份有限公司
地址——231 新北市新店區民權路 108-2 號 9 樓
電話——(02)2218-1417
傳真——(02)2218-1142
電郵——service@sinobooks.com.tw
郵撥帳號—19504465
客服專線—0800-221-029
部落格——http://777walkers.blogspot.com/
網址——http://www.bookrep.com.tw
法律顧問—華洋法律事務所 蘇文生律師
印製——成陽印刷股份有限公司
電話——(02)2265-1491

初版一刷 西元 2011 年 8 月
二版一刷 西元 2013 年 4 月
三版一刷 西元 2016 年 5 月

Printed in Taiwan

James Ho
2024.4.6.0?